遠きにありて、ウルは遅れるだろう

ペ・スア

斎藤真理子［訳］

白水社
EXLIBRIS

遠きにありて、ウルは遅れるだろう

This book is published with the support of
the Literature Translation Institute of Korea (LTI Korea).

最初の映像は一九六五年にアイスランドのある道で撮った三人の子供たちだ、と彼は手紙に書いてきた。これは自分にとって幸せのイメージで、だから他の映像とつないで映画にしてみようと思ったが、まだ成功していないと。だがいつの日か、この映像が冒頭に単独で登場し、その後しばらく真っ暗な画面だけが続く、そんな導入部の映画を作りたいと。
　もしも人々がこの映像の中に幸を見出せなかったとしても、暗闇だけは充分に見られるように。

――クリス・マルケル『サン・ソレイユ』

目次

装丁　緒方修一
装画　モノ・ホーミー

I

　独白は混乱とともに終わった。その後、ぴんと張られた太鼓の革を引っかくような息づかいが聞こえてきたが、それは私のもののようだった。午後四時にベッドで目を覚ました私は、私の存在を規定する記憶がすべて消えていることを知った。だが私の中にある海はどこまでも静かだった。あまりに静かでその内容が永遠にわからない、未知の絶望に支配されたような感覚だった。

　近いところで大きな蛾が羽ばたき、何重にも羽をおおった無数の鱗粉から油気を含んだ美しい粒子が落ちて飛び散った。私はそれを深く呼吸した。

　レストランを兼ねた旅館の一室だった。窓から入ってきた黄色っぽい光が、しっくいを塗った白壁を伝って流れていくところだった。最後まで壁のすみでちらちらしていた光が忽然と消え、光の速さに追いつけなかった重い影がそこに残った。影は巨大な黒いツバメのように見えたがすぐにスチールの椅子に変わり、そこには、私が私自身の影と錯覚した私の同行者が座っていた。私を見ているのではなかった。誰も見ていなかった。彼は本を読んでいた。

しばらくの間、二人のいる午後の部屋には何の音もなく、寂寥に包まれていた。本を読んでいる視線、本を読んでいる視線を見ている視線があるだけだった。誰かが階段を上ってくる音とドアをノックする音に続き、私が頼んでおいた通り、バスの来る時間を知らせる声が聞こえてくるまでは。

ドアをノックした人は、あなた方は巫女《みこ》と三時に会う約束になっていると言ったが、それならもう一時間以上過ぎている。理由は誰にもわからなかった。我々が初めて時計を見たときに、針はもう四時を指していたからだ。まるでこの世も、我々も、ぴったり午後四時に創造されたかのようだった。以前の我々はどこにもいなかった。何の記憶も伴わない意識、そして空っぽの午後四時という形式、それがあるだけ。

私の同行者は読んでいた本を閉じた。彼は頭を上げて上半身をまっすぐにしたまま、真正面から私を見つめた。黒い服を着た彼は、強盗に身ぐるみはがされた聖職者、もしくはその反対のように見えた。彼は口を開け、私に最初の一声をかけた。今この瞬間、自分は、自分の存在を規定する記憶をすべて失っていることに気づいたと。そして、おそらくあなたも同様であるはずだが、もしや何か覚えていることはあるかと聞いた。

私は即座に脳裡に浮かんだ絵をそのまま描写した。その日我々は旅館の下の階にあるレストランで、主人が出してくれた遅い朝食を食べたようだと。朝食は、古い陶器の皿に載せたパンと植物性油脂で造られたマーガリン、そして金属製のポットになみなみと入った黒いコーヒーだった。マーガリンはオリーブ油を固めて作った石鹸の匂いがし、砂糖が入ったコーヒーはとても濃くて過剰に甘かった。と言ってみると、ここでは毎日そんな朝食を食べてきて、その期間は長かったという感じがした。「でも、これらのすべては記憶というより、感覚だ」と私は説明した。

「私はぐっすり眠っている人のこと以外、何も思い出せない」。同行者は淡々と言った。彼が読んでいる本、レイモンド・チャンドラーの小説『大いなる眠り』のことを言っているのだろう。「その本について知っているというより、実は内容は一つも思い出せないが、本を読んでいる自分自身というものがしきりに感じられる」

少なくとも今、自分について思い出そうとする行為は役に立たず、かすかに残った感覚に従うことだけが最善だと、我々はすぐに悟った。

我々のこの部屋での過ごし方は無秩序で混沌としていた。我々は持ちもののほとんど全部をかばんから出して床に広げていた。部屋には、板の上に薄いスポンジのマットレスを敷いた固いベッド、ひどく小さなテーブルと椅子一脚以外には家具が全然なかったからだ。床には何百本もの鉛筆が散らばっていた。絵の具やパレットなどの画材、スケッチブック、服、防水長靴、大雨が降ってきたときに雨合羽のようにかぶるための大型ビニール袋、緑茶のティーバッグ、カップ、絵葉書、寝袋、シラミまたはダニよけのスプレー、服用しなかったマラリアの薬、一錠だけなくなっている睡眠薬、虫刺されの軟膏、鎮痛剤、化粧水、レモンの香りの石鹼、十年間有効の黄熱病予防注射の証明書、何十枚もある博物館と動物園と劇場の入場券やパンフレット、使用済みの汽車の切符、クッション、こんな暑い日には全く不似合な分厚い赤い手編みの毛糸の靴下、保温ジャー、いくつかの短い記録と汽車の時間や待ち合わせ場所が書かれたメモ、殴り書きの文字で埋まった黒い革の表紙の日記帳。テーブルには一月二十三日付の新聞が広げてあり、そこから切り抜かれた訃報記事が一枚、はさみと一緒に置いてあった。それで我々は少なくとも今日が一月二十三日かまたはその一日か二日後だと推測することができた。それは九十六歳で死んだあるアメリカの映画監督の訃報だった。この死者の名前が自分に呼び起こしたものはいったい何なのか考えてみようと私は努めたが、無駄だった。そして何冊かの本が積んであった。レイモンド・チャンドラーとシムノンの名前が目に入ってきた。一冊は、私の同行者が読んでいた

『大いなる眠り』だった。

「私はこの本を読んでいたみたい」。私の同行者が、折られた本のページを広げて見せながらまた言った。悪い習慣ではあるが、自分はページの角をこんなふうに折ることがあると。他のことは思い出せない、この世が始まって以来ずっとただこの本を、このページだけを読んでいたような気がすると、『大いなる眠り』、その本以外には何も思い出せないと。

私は他の本を調べてみた。そして私の同行者と同様、私が読んでいた本もすぐに見つけることができた。それは『帽子作りの幽霊』だった。本には図書館のマークが捺してあった。私はその本を田舎の小さな図書館で借りた。いや、借りたのではなくただ持ってきた。記憶しているのではなく、私はそう感じる。

図書館の書架の大きな窓のそば。私は椅子に座って日光に当たっていた。にわか雨にあって服がびしょ濡れになったからだ。司書を除けば私が図書館の唯一の訪問客だった。そのときとても年とった女性が杖のように傘をついて入ってきた。年とった女性はぎょっとするような大声で——おそらく耳がよく聞こえていないようだった——女が読むのによい小説があるかと司書に尋ねた。司書もつられて、大変な大声で言った。「家族の物語がいいですか、または恋愛小説がいいですか?」年とった女性は歯が抜けているために曖昧な発音で、どちらでもないものはないかと聞いた。そして彼らは書架の後ろに消えた。空の片側半分ではにわか雨が降っており、残り半分は私の髪の毛に降り注いでいる明るい光の世界だったが、私は一人だった。雨がやんで私が図書館を出ると、入り口の訪問客用ソファで、さっきの年とった女性が、腰と上体をソファに深く埋めた姿勢で、本を読んでいるうちに眠ってしまっているのを見つけた。女性の片手は膝の上に開いた本のページを押さえていたが、もう一方の手は椅子の外へだらりと垂れていた。女性は頭を横に向けてソファの肘かけに顔を埋め、全く息を立てずに寝ていた。まだすっかり雨水が乾いていない傘が足元に無造作に投げ出されていた。私は彼女のそばに立ち、開かれたページを読むために女性の手をそっと横へどかし、手で隠されていない部分を読んだ。私の手が触れると女性の手は黄緑色の亀のようにゆっくりとうごめいたようだったが、目を覚ましたわけではなかった。しばらく後、ついに私が彼女の腕の下から本を完全に抜き取るまで、年とった女性は何も気づかないまま、身じろぎもせず、ずっと眠っていた。記憶しているのではなく、私はそう感じる。

私は私の同行者にチャンドラーが好きかと聞くために顔を上げた。彼はそれに答えて、今、自分が知っているといえる作家はチャンドラーだけだと、すぐに思い出せる作家はチャンドラー以外に誰もいないと、従って、もしかしたら自分は一生チャンドラーだけを読んできた人間である可能性もあるため、チャンドラーを好きだといえるかもしれないと言った。話をしている間、我々は二人とも、自分が読んだ本についてこんなふうにお互いに説明する時間をよく持っていたのだろうという感じを、同時に受けた。

だがほとんどすべての持ちものがすっかり床に散乱していたので、我々の期待とは異なり、二人の固有のアイデンティティを物から確認することができないのは言うに及ばず、むしろ合体した双子のように究極的に混じり合ってしまいそうだった。

一生の間、チャンドラー以外には何も読まない人が私の同行者ではなく私自身だとしても、さほど驚くべきではなかった。同行者から聞いた言葉のおかげで、私もやはり同様に、『帽子を作る人の幽霊』を、まるで私自身が図書館の年とった女性からかすめとってきたもののように感じているのかもしれなかった。

私はスケッチブックを開いて何点かの人物と静物の鉛筆スケッチを発見したが、あまり実力がありそうではなかった。正直にいえばとても描くお粗末なレベルで、並々ならぬ情熱が感じられるというわけでもなかった。少なくとも私は、画家ではない。リュックを探してみたが、パスポートはなかった。私の同行者のパスポートもなかった。幸い、財布には当面使えるだけの現金とクレジットカードが入っていた。私の同行者はリュックの中に書類を一枚見つけたが、それは一月二十三日付で警察署から発給されたパスポートの盗難届だった。盗難届はポルトガル語で作成されており、名前以外の内容はほとんど理解できなかった。クレジットカードと盗難届に書かれた、私のものかもしれず私の同行者のものかもしれない名前は、驚くほど何の感じも呼び覚まさなかった。

「このままにしておこう。私たちのものじゃないかもしれない」。彼が差し出した書類を受け取らずに、私が言った。「警察署でパスポート盗難届を出したのが、私たち以外の第三者である可能性も排除できないから」

同行者は黙って書類をリュックの中に戻した。その動作はまるで、我々が誰なのかあなたが知りたくないなら自分はどうでもいい、我々のすべてはあなたにかかっているのだから、と言っているようだった。

我々が部屋を出る前に電話が鳴った。私が電話を取ると子供っぽい少女の声が、海に来るようにと、結婚式の船がもうすぐ出発するからと言った。間違い電話だったから、私は返事をせずに受話器を置いた。

旅館を出た我々は埃だらけの壁に沿って歩いた。誰もいない広々とした道は舗装されておらず、正体不明の壁に沿って長々と続いていた。壁には自分の鎖を断ち切る奴隷の黒い両手の手首が大きく描かれていた。我々はその前を通り過ぎた。

公衆電話ボックスの横に、地面に腹ばいになって寝ている黒い犬を発見した。死んでいるのかと思ったその黒い犬は、私が視線を向けた瞬間すぐさまぱっと目を開き、忘れていた約束を突然思い出したかのように体を起こし、ゆっくりと我々についてきた。犬には耳が一つなかった。犬の頭は、帽子をかぶせてやったら私が知っている人と混同するほどそっくりに見えた。だが、私が知っている人とは誰なのだろう？　私は誰を知っているというのだろう？　考えてみたが犬は吠えなかった。もしくは、吠えたが一度きりだった。

停留所に着いた我々はバスを待った。私が知っている誰かととてもよく似ている、私が知らない顔を持った犬は、ちょっと離れたところで立ち止まっていた。そしてちぎれてしまった自分の耳を舐めようとするように舌を突き出し、頭をしきりに上に向けていたが、消えた耳には永遠に届かなかった。

私は何者だろう？　一匹の黒い犬となって私は考える。私は昨日何だっただろう？　今、私は何になっているのか？　しかし今の私は、何の厚みもなく、限りなく平たい平面でできた風景だった。昨夜私または私の同行者が睡眠薬を飲んだことを私は知っているが、それはベッドサイドテーブルに箱から出した薬のシートがあり、そこから一錠がなくなっていたためだ。睡眠薬は我々が共有した、測量できないほど無限だった一夜、あの大いなる眠りのようだった。我々はそれをマラリアの薬とともに服用したのかもしれない。そのせいかときどき、睡眠薬が本来より遅く効力を発揮することもあった。例えば今の私は全く寝たような気がしない。眠りが私に訪れてまた去っていったという痕跡が全くない。私は眠りを知らない。眠かったり頭痛がするわけではないが、ずっと目覚めていたときにだけ生じる、存在していることのひりひりするような疲労を感じる。私は想像の中の死を一度も経験していない自意識のように中身なく、そして明瞭だ。猶予されたそれがいつ何時でも迫ってくると知っている。私は待ちつつ、待っていない。だが何を？　バスを？　そうだ、おそらくバスをも。

バスが来た。だが、本来我々が待っていたはずの一般のバスとは違うミニサイズのバスだった。それは都市間を運行する私設の長距離運送手段で、特に番号や行き先が表示されているわけでもなく、どの停留所でも、手を挙げた人がいればそのつど止まり、行き先を尋ね、すでに乗っているお客と方向が同じなら乗せてくれる。地方自治体で運営している公共交通は路線が少しもなく、配車間隔もまばらで、それさえ時間通りに来ないことが多いため、我々はちょっと高い料金を払ってでも、先に来た私設のバスに乗ることにした。前の助手席に座った車掌が、窓の外に手を突き出して運賃を受け取った後ドアを開けてくれて、我々は乗り込んだ。バスには一家族と思《おぼ》しき人たちがぎっしり乗っていた。その全員が女だった。母親と二人のおばあさん、さまざまな年代のおばさんたち、中学生ぐらいの年齢の少女が三人、そして同じような年齢の双子のようにそっくりな四人の幼女たち。みんなぐっすり眠っていた。信じられないほど大きな包みとかばんが荷台をぎっしり埋め、それでも足りずバスの床まで占領しており、足の踏み場もないほどだった。包みの間に布団や釜、杓子、食料品を入れた大小とりどりのかごなどの所帯道具が見えた。彼ら一家はおそらく遠い都市へ引っ越すところらしかった。幼女たちは自分の体と同じくらい大きな枕をそれぞれ一個ずつ抱きしめ、花模様の下着姿で重なり合って眠っていた。二人のおばあさんは紙きれのように薄い胸と尻を一つの座席に押し込んで座り、セメント色の顔をしかめたままで眠っていた。母親は十二番めの子を妊娠した腹に両手を乗せて眠っていた。肌の黒いおばさんは目を開けて眠っていた。おばさんが手に持っているかごの中では、生まれたばかりの毛の生えていない子犬たちが眠っていた。彼らはバスがどんなに揺れても絶対に目を覚まさず、みなぐっすりと眠っていた。前方座席の車掌が新しいビール瓶を開けた。そしてラジオを大音量にしたまま、大声で騒ぎながら運転手と話していたが、我々には一言も聞き取れなかった。あの人たちはどこへ行くのかと、ラジオの声に負けじと我々も大声で尋ねた。すると車掌が振り向いて言った。この人たちは遠い北の田舎の出身の一家だが、家族の中でいちばん幼い女の子が死に、その子を故郷に埋めてやるために、死んだ子を連れて、その子が生まれた土地へ行くところだと、彼らはもう三日もバスに乗っている、だがバスは我々の目的地である巫女の住む町はずれを通る予定だから心配するなと言った。開いた窓から土埃を含んだ乾いた空気が押し寄せてきた。熱くもなく冷たくもなかった。手の中に握りしめたぬるい泡のような稀薄な感触だった。バスがガタゴトするたびにすべての体が眠りの中でいっせいに跳ね上がり、揺れ動いた。私はまるで一つの体になったように重なり合って深く眠っている四人の少女たちをうかがったが、花模様のパンツをはいて枕に埋まっている彼らのうち誰が死んだ子なのか、見分けはつかなかった。市内をはずれると道路事情はさらにひどくなり、バスは一メートルおきに跳ね上がり、揺れ動いた。誰かのポケットから緑色のライムが一個落ちて何度かトントンと跳ね、床に置いてあるかばんの間のどこかへ消えた。私は最初それを緑色のハツカネズミかと思った。

バスの窓に映った姿を見た瞬間、私はやっと自分が膝丈の、凶悪なほど鮮やかな赤いワンピースを着ていることに気づいてちょっと驚いた。一方、私の同行者は全身黒ずくめで、黒いパンツと黒いTシャツ、黒いリュック、その上このすさまじい暑さの中で、理解に苦しむことだが、ユダヤ人のような丸いつばのついた黒い帽子をかぶっていた。

バスは坂道を走り、我々は匂いによって海が近づいてきたことを知った。

車掌がドアを開けて我々をおろしたのは、白いレンガの家が立ち並ぶ、一方に少し傾いた、舗装されていない道路の交差点だった。がくんと凹んだ道の真ん中へと汚水が流れ込み、翼を切られた家禽《かきん》が肥満した体でよろよろと歩き回っていた。どの家にも門の前に錆びた鉄の手すりがついたテラスがあった。我々はすぐに巫女の家を見つけた。道に張られた物干しロープに色とりどりの服がきちんとかけられ、風にそっと揺れていた。

巫女の家の前で、殻ごと腐っている卵の山を見て私は鳥肌が立った。屋根に止まった黒っぽい鳥がまるでミミズクみたいだと、私の同行者が言った。こんな時間に、森の中でもないのにミミズクが飛び回っている可能性はなかったが、私はカメラを胸に抱きかかえた。だがすぐに、その鳥は大きなカササギの一種だということがわかった。まぶしいほどに真っ黄色で丈の短いワンピースを着た女が家の外へ出てきた。何歳なのか見当がつかないその女は、タイヤのように固く、艶々した黒い肌をしていた。彼女は我々が誰であるかわかっていた。それで何も聞かずに我々を家に入れた。入るとすぐにかすかなトイレの悪臭が我々を迎えた。火曜日と金曜日は水道水が出ないからだと、我々の心を読み取ったように淡々と女が言った。我々はそれで、今日が火曜日または金曜日であることを知った。水道水は出ないがビールはいくらでもあると、女がつけ加えた。薄暗い室内に慣れるまでにはしばらく時間がかかった。我々が入ったところはリビング兼キッチンのように見えたが、床板が敷かれておらず、土がそのまま出ている大きな部屋の真ん中に食卓があり、冷蔵庫や古いソファ、たんす、椅子などが四方に置かれていた。かまどのある壁には、山羊一匹ぐらいなら造作もなく丸ゆでできそうなほど大きな銅の鍋とボウル、フライパンがどっさりかけてあり、出入り口近くの光が入るところには、カウボーイハットをかぶった男の肖像画の前に蠟燭が灯されていた。サボテンが生えた砂漠の真ん中に両足を広げて立ち、腕組みをした男は、もしも銃を手にしていたならメキシコ映画の主人公のように見えただろう。我々はフライパンで油がぐらぐらと熱されている音を聞いた。冷蔵庫がウィンウィンと音を立てているのを聞いた。黒っぽい肌の太った女が、人差し指と中指の間にはさんだタバコを口に持っていき、苦痛を覚えそうなほど、のどの奥深くまで吸い込む音を聞いた。

我々は食卓に座ってタバコを吸っている太った女が巫女だと思ったが、彼女は首を横に振った。彼女は我々に、待たなくてはいけないと言った。我々が遅れたからだ。巫女はいつ来るかわからない。我々は待たなくてはいけなかった。入り口で影がちらちらし、外に出ていた黄色いワンピースの女がビール瓶がいっぱい入ったバケツを持ってまた入ってきた。我々の前にはグラスが置かれ、黄色いワンピースの女がビールを注いだ。

そして、時がどれほど流れたのか誰にもわからなかった。黄色いワンピースの女はとめどなく話し、太った女が熱心に相槌を打った。我々は主に聞く方だった。黄色いワンピースの女は若いころ裁縫師だったと言った。旅行でここを訪れた外国人男性と結婚してヨーロッパに行き、二十五年暮らし、しばらく前にまた故郷へ戻ってきて警察官と再婚したという。ヨーロッパに二人の子供を置いてきた。子供らはすでに結婚してそれぞれ自分たちの子を産み、子供らの子供らのうち一人は生まれてすぐにルーマニア産の牧羊犬を贈られたと言った。では、その子は羊飼いになるのかと私が聞いた。そうではないと黄色いワンピースの女が首を振った。贈られたというのは、その子と同時期に生まれたルーマニア産の牧羊犬にその子と同じ名前がつけられたという意味だと。子供は首都に住み、羊飼いの犬は牧童の家族と一緒にカルパティア山脈の奥の高原地帯に住んでいる。犬と子供はおそらく生涯一度も会うことがないだろう。だが贈り物とはそういうものだ。名を与えること。そして彼女は我々に、自分と同じ名前が贈られた最初の動物がいたかと尋ねた。そして我々が答えずにいると、話を続けた。

「私の名前はマリアです。ヨーロッパにいたときは、みんな私をマリア・バイアと呼びました。バイアから来たマリアという意味です」

私は、大変すまないが今すぐには私の名前を教えてあげられないと言った。なぜなら覚えていないから。だが、もう少ししたらきっとまた思い出すだろうと言い添えた。もし名前を思い出したら、ここに来るときに出会った耳のない黒い犬に私の名前を最初につけてやりたいとも言った。

「私は人が飼っている動物が好きではありません」。固い表情で座っていた私の同行者がゆっくりと言った。「野生動物の方が好きです。その方が親しみが持てますし。おそらく私は父に連れられて狩りに行っていたのだと思います。野鳥ぐらいは捕まえたのでしょう。

銃ではなく、罠をしかけて捕まえたのでしょうけれども」

「罠はここにもあります。ネズミとりですが」。太った女が新しいビール瓶を開けて言った。

「私は動物園が好きでした。それは巨大な豚小屋のようでしたが、どんな動物も垣根を越えられないように設計されていますからね。少なくとも、のんびりと散歩することはできましたよ」。私は自分の口から出てくる言葉を自分でも不思議に思いながら、何も考えず、話しつづけるためだけに話した。

「では、あなたは動物の写真を撮るんですか？」太った女が首を斜めに回して私を眺めながら突然尋ねた。彼女の声は体格とは違い、小麦粉の生地のようにふわふわしていた。

「何ですか？」私はちょっと驚いて問い返した。

「ところで私たちはいつ巫女に会えるんですか。いつまでもぼんやり待っているわけにはいかないじゃないですか」と私の同行者が割り込んだ。

「辛抱強く待ってください。私たちにも彼女がいつ来るかはわからないのです。彼女に何かを聞くためには、忍耐力を持たなくてはなりません」。黄色いワンピースの女が私の同行者の脇腹を親しげにトントンと叩きながら言った。口の開いたネズミとりは、干からびたチーズのかけらがぶら下がったままで空っぽだった。

アンモニアの匂いとネズミの糞の匂い、腐っていく卵の匂いさえなかったら待つことが少しはがまんしやすいだろうに、と私は思った。

「私がヨーロッパにいたとき、ルーマニア産の牧羊犬が……」。黄色いワンピースの女は、自分がこの話をもう何回くり返したか自分では気づいていないようだった。彼女は酔っているのだ。

黄色いワンピース姿でほっそりしたこの黒い女と、男のように堂々として太ったあの女のうち、果たしてどちらが本当の巫女なのか私は気になった。

私の同行者はうつむいて黙っていた。居心地悪そうにしている彼の姿を見ると、巫女に会いに行こうという私の考えに彼は初めから賛成ではなかったのだろうと想像できた。

もうがまんできず、悪臭のするトイレに行って戻ってくると、ちょうど巫女が到着したところだった。正確に言うなら、太った女の体にカウボーイのスピリットが入ってくる瞬間だった。太った女の手足が突然木ぎれのようにかちかちにこわばり、女の声とはとても信じられないほど短く荒々しい、ヒーッという悲鳴を上げて全身をぶるぶると震わせた。目に見えない古代の剣で首を深く突き刺す音だった。そして女は、長い剣が首に刺さったままでちらっと振り返って私を見たが、ちょっと前とは全く違う、充血したけわしい目つきだった。眉毛はさらに太くていかめしい直線になり、しかめっ面のような真剣な視線、疑いと不信に満ち、敵意と淫蕩さを露骨に表わした視線だった。その上、口の周辺までがまるでひげが生えてきそうに黒ずんだ色に変わり、唇の輪郭が固くなり、体からは男の腋《わき》の下の匂いが漂いはじめた。

そして、依然として手足をぶるぶる震わせながら巫女は私の名前を呼んだ。一瞬びっくりしたのは、彼女の声がはっきりと他人のものに変わったためだ。それは、今、我々の目に見えてはいないが、この場にいるある男の声だということが明らかだった。そしてある名前。それを聞いた瞬間、私の名前であることがわかった。それまでは一度も聞いた記憶がなかったが、その瞬間からそれは私の名前になった。だが、もともと自分に属していたものを取り戻したときの感動や愛情、親しみは感じられなかった。巫女がもう一度私の名前を呼んだ。彼女の唇の間に現れた歯はさらに大きく、さらに白く光り輝いており、太い腕も突然、隆々とした筋肉質に変わった。巫女が私の名前を呼ぶときの低い、力のある口調には、陰惨で不愉快だが逆らいがたい権威が備わっていた。そして鳥肌が立つような何かが、羞恥心を呼び覚ます秘密と淫乱さが感じられた。だが、不思議なことに巫女の威嚇的な態度と同時に発生した、聞き取ることのできない影の言語がかたわらで私を導き、私を説得し、私を刺激した。巫女の声は私の右耳に、影の言語のささやきは私の左耳に入ってきた。私はある任意の向きに傾《かし》ぎ、これが運命だと言いたい誘惑を感じた。私は思った。

このささやき、今、私だけに聞こえてくるこの声のないささやき、聞くことも記憶することも言葉で表現することもできず、ただ震えとしてだけ感じられるこのささやきのすべての内容を、今日、黒い革の表紙の日記帳に書きとめることになるだろうと。

スピリットが降りてくる驚くべき光景に我々の視線が釘づけになる一方で、黄色いワンピースの女は、毎日目撃しているからか何の感慨もなさそうに、だらりとした姿勢で天井を見上げていた。太った女に入ってきた男の精霊のスピリットが強くなればなるほど、黄色いワンピースの女の視線は朦朧として、発音もさらに不明瞭になっていった。

「私がヨーロッパにいたとき、みんなが私をマリア・バイアと呼び……ルーマニア産の牧羊犬が……」

「あなたは動物と関係があるね。もう少し正確にいうなら、あなたは動物の踊りを踊るか、動物と会話をし、動物を撮る写真家なのだろう」。まるで私が知りえない私の頭の中の風景をじっとのぞき込むような表情で、完全な男の声の巫女が言った。

私はうなずいた。私は依然として何もわからなかったが、うなずきながら口を開いた。

「私が撮るのは死んだ動物です」。私の意志とは関係なく、ひとりでに私の口からこのような言葉が流れ出てきた。突然、私が着ている真っ赤なワンピースが血の色に見えた。だが、私は私の言葉が何を意味するのかわからず、もっというなら私の口から流れ出てくる言葉を聞いて私はようやく、自分がしゃべっているということに気づいた。

巫女は固い表情で私を見ているだけだった。その視線は執拗で陰険だった。私は言った。

「我々がここに来たのは、旅館の主人に紹介されたためです。でも、ちょっと深刻な問題が生じて……今日の午後に我々に何かが起きたせいで、本来、我々があなたに何を聞きたかったのかわからなくなってしまったのです」。自分で考えてもおかしな話だったので、私はさらに言い訳をした。「変に聞こえるでしょうが、他に説明のしようがないのです」

しばらく沈黙が流れた後、私はまた言った。

「突然私は自分が誰だかわからなくなりました。私と私の同行者の二人は、お互いに関する記憶がありません。それだけではなく、我々自身に関する記憶が全くありません。ただ漠然としたかすかな感じがあるだけで、でも、その感じも我々自身のものなのか、または他の誰かのものなのか確かではありません。わかっています、非常に変に聞こえるということは。でも実際にそんなことが、今日の午後四時に起きたんです。まるでその時間に、我々二人が一緒に、この状態で世の中に生まれてきたかのようです。我々は誰でしょう？我々はどこから来たのでしょう？　そして、我々はなぜここに来ようとしたのでしょうか？」

「大丈夫。自分が何を知りたいのかよくわからないままで来る人たちも多いから。見ようによっては、わかっていて来る人よりわからずに来る人の方が多いのが事実だね」。巫女は口をつぐんで黙っていたが、黄色いワンピースの女が加勢した。

「つまり、もともと聞きたかった質問が消えてしまったからもう何も聞きたくない、という意味じゃあるまい？」巫女の声は重くてのろく、言葉遣いにはどことなく凍りつくような冷たい嘲笑のニュアンスがあった。

「我々はもともと何を知りたかったのでしょう？」

「それが本当に聞きたいことかい？」

「いえ、それはもう重要ではありません……本当は、今、我々が誰なのか知りたいです」

「ウル」、巫女は大きな前歯の間から出てくる特異な声で、私の名前を苦しそうにもう一度発音した。

「ウル、あなたはウルだ。それは私が言ったじゃないか」

「そうかもしれませんね」。私はあえて逆らいたくなかった。巫女の言うことが正しいのだろう。私が電話で約束したときに名前は言ったはずだから、巫女が私の名前を知っているのはそんなに驚くことではない。「では、ウルという名前の私は、なぜここにいるんでしょうか？」

「あなたが旅行中だから」

「写真を撮るために？」

「それも当たってはいるが、あなたはどうやら誰かに会うために出かけてきたらしいね」

「それは誰でしょう？」

「それはウル、あなたがずっと前に別れた人だ」

「では、私が会うべき人が今どこにいるか教えていただくことはできますか？」

巫女は首を振った。「私にはその人が見える。彼がどこにいるかもわかる。だが彼に会うのはあなたの仕事だ。大事なのはその人がどこにいるかではなく、ただあなたがその人を見てその人だと見分けがつくかという事実だから。それができないなら、会って何になる」

「でも、どこにいるかわからないのにどうやって探せるでしょう？」

「ウル、あなたはその人のもとに行かない。その人を探しもしない。その人と出くわすのだ。そしてその人だと気づくのだ。そうでなければ意味がない。私の言うことを信じなさい」

「ひょっとして私が会うべき人は、ある老人かもしれません。『帽子作りの幽霊』。私がその本をとても年をとった老人から盗んだらしいのです。本当でしょうか？　その本が我々の荷物の中にあるのを見つけたんです……。おかしいのは、私がその本を読んでいたらしいのですが、どういう内容なのかも思い出せないことです。なぜなのでしょう？　私がその本を盗んだのなら、老人に返さないといけませんよね？　ああ、何より、私につきまとっているのは、その老人はもしかしたら死んでいるかもしれないという感覚です。当たっていますか？　そういう場合どうしたらいいのかわかりません。ところで今急に思い浮かんだことですが、私の両親は二人とも死んだのでしょうか？　なぜ急にこんな疑問が湧いてくるのかわかりませんが……もしも死んでいるのなら、それは、私が本を盗んだ行為と関係があるでしょうか？　いえ、私が言っているのは、私の両親ではなくその老人のことです」

「一度に一つのことだけ聞きなさい。そうでないと困る」。黄色いワンピースの女がビール瓶を傾けながらけだるそうに口をはさんだ。「それと、知りたいことのポイントがはっきりしていればいるほどいい。そうであれば楽に助けてあげられる。例えば、なくなった品物がどこにあるのか知りたいとか、夫につきまとう若い女を引き離してくれとか」

「本については私に聞くな。私は本とは何の関係もない。文字を読めないから」。巫女がぶっきらぼうに返事した。

「でも私は、あなたに死んだ動物を撮影する機会を作ってあげることはできる」

「私は本当にウルでしょうか？」

「なぜ同じことを何度も聞いて怒らせるんだ？　精霊が教えてくれたんだ。あなたはウルだ。そうでないなら、あなたはあなたではないだろうよ」

「なぜ私はその名前を覚えていないのでしょう？」

「あなたは、自分が覚えていると信じられないだけだ。そうでなければ、覚えていないと信じているのだろう」

「動物が死んでいたら……？」

「踊ってみなさい。それがあなただ」

「動物が死んでいたら……？」

「一頭の山羊と一匹の犬。どちらも黒くないといけない」

「黒い山羊と犬はどこから来ますか？」

「踊ってみなさい。それがあなただから」

「……」

「あの人」、巫女があごをしゃくって、黙っている私の同行者を指した。「あの人も確かに知りたいことがあるはずだが」

「彼はここに用事はありません。つまり、彼も私と同じく記憶をすべてなくしてしまったのですが、それでも何も聞きたいことはないと言っています」

同行者は巫女のところに来る間、自分はこんなことにつき合いたくないし、だから一言ものを言わないと私にはっきり釘を刺していた。

「でも精霊には話したいことがあるらしいよ」。巫女はあきらめなかった。

「彼のことは放っておいてください。彼は話を聞きたくないんです。つまり……嫌な話を聞く気になれないと言うんです」

「嫌なことも、いいことも言わない。精霊は悪くもなくよくもないのだから。精霊はただ名前を教えてくれるだけだ。あの人の名前は……」

その瞬間、一言も言わずに座っていた私の同行者が突然、意を決したように割り込み、巫女の話を遮った。

「確か本で読んだのだと思いますが、精霊が誰かの名前を口に出すためには、原則的にその人の同意がなくてはならないそうですね。私は同意しません。あなたの精霊が私の名前を声に出して言うことを、望みません」

「ふむ」。巫女はひどく侮辱された表情で私の同行者をにらんだ。「あなたは精霊の言葉を信じないいんだろう。でなければ何かが怖いのだ」

「いや、私は怖くありません。何と言われてもかまいません。しかし、よりによって今私が置かれているこの状況で、私の知らない私の名が、あなたによって初めて命名されることは許容できませんね。すでに説明したように今日、我々には絶対に、絶対にありえないと思えるあることが起き、たぶんそのために……きわめて慎重であるべき瞬間だということは明らかだから」

「では、きわめて慎重であるべきこの瞬間に私はあなたを何と呼べばいいのか？　精霊に口を開かせるためには、まずは彼があなたを呼ぶことを許さなくてはならない」

私の同行者は、関係ないという表情で肩をすくめてみせるだけだった。

「どんな名前でもいいから一時的につけて呼ぶこともできるじゃないか、例えばパウロとか」。黄色いワンピースの女が私のグラスにビールを注ぎながら仲裁案を出した。

「ああ、パウロ、それでもいいですね」。私は妥協するように同行者を見つめ、彼も仕方なくうなずいた。

「いいだろう、パウロ、まずあなたの望みを言ってごらん。だが、今呼ばれるあなたの偽の名前と同じく、精霊の言葉も絶対に正直なものだと期待しない方がいい」。巫女は黄色いワンピースの女と狡猾な目配せを交わしながら言った。

「とはいえ私には別に知りたいことはないんですけどね」。同行者は言った。

「あなたも記憶をなくしたのだろ」

「それは事実ですが、そのうちにまた記憶が戻ることもあると思います。我々はひょっとしたら同時に汽車から落ちたのかもしれません。そうしたショックのために一時的に記憶喪失を経験するのは、意外とよくあることですからね」

「そうかもしれませんね。我々は同日の同時刻に、例えば汽車から落ちて記憶を失ったと。これは何を意味するんでしょうか？」今度は私が尋ねた。

「でも正直にいって私は、過去はそれほど重要ではないと思うのです。正確にいうなら『過去の意味』なんて……」。私の同行者が続けて言った。

「その通りだ、過去は、すべてが通り過ぎた後に与えられるものだよ」。巫女が寛大にうなずいた。「誰かがあなたに本を一冊持ってきてくれるなら、その本がやがてあなたたちの過去になるのかもしれない。そこに何が書かれているかは誰も知らない。ある者は気になって、好奇心からそれを読むだろうが、誰もが必ずそうである必要はないだろう。意味とはそういうものだ」

「私が誰かから『帽子作りの幽霊』を盗んだのもそういう意味でしょうか？　そうだとしても……。ところでなぜ我々は、同じ日の同じ時間に記憶を失ったのでしょう？」私がまた聞いた。

「その理由は鏡を見るようにはっきりしているよ。あなたたちが一体だからだ。今ふっと、私が知っていたあるパウロを思い出した」。黄色いワンピースの女が言った。「器量のいい男だったね。女もたくさんいた。でも彼には生まれたときから下半身がなかった。だから車のついた板に乗って移動しながら物乞いをしていたよ。ある日行きがかりに、陣痛が始まった女の放浪者を助けてやって、お返しとしてその女が産んだ女の子をもらって育てたが、その子は十三歳になった年からパウロを抱いて暮らしたんだ。少女の腕に抱かれたパウロは、スーツを着て帽子をかぶってパイプまでふかして幸せそうだった。彼は何もかもすべてを少女の腕の中でやっていた。自分の人生をまるまるそこで生きたんだよ。その上、眠るときや用を足すときさえ少女の腕から降りようとしなかった。そしていつも言っていた。たとえこの子が明らかに処女でも、自分たちは決して分離できない一つの体だと、永遠の夫婦だと」

「ぞっとするような話ですね、でもそれが我々と何の関係があるんですか？」私がまた聞いた。

「パウロ、精霊にはあなたに言いたいことがあるんだよ」。私の質問を無視して、巫女がテーブルに両手を載せながら言った。「マリアの言うことを気にするな。彼女は精霊をよく知っているが、精霊の言葉を正確には伝えられない。それでいつも的外れな、とんちんかんなことをべらべら言うんだ。マリアの話は空に向かって投げられた石みたいなものだ。人が一生かかって休まず空に石を投げたら、ものすごく運がいい場合、その中の一、二個は空に届いて星になることもあるだろう。だがそのためには他人の何倍も長生きしなくてはならないはずで、忍耐力もずば抜けて強くなくてはいけないね。けれども私の言いたいのはそのことではない。パウロ、私は一目であなたに問題があることを見抜いた。初めはどういう問題かわからなかったから、私がウルと話している間、精霊のもう一つの目はあなたを観察していたんだよ。問題というのは、いちばんありふれたことだけど、警察との問題かな？　そうかもしれないね。そうだね、もしかしたらあなたは泥棒なんだろう。または殺人者かもしれないし」

私は巫女の声音《こわね》から露骨な敵意を読み取り、さっと鳥肌が立った。だが同行者は何も気にならないらしく、平然としていた。

「そうだ、またはパウロ、あなたはもしかしたら獣かもしれない、だからウルにつきまとっているんだろ。でなければあなたはもう死んだ獣の霊魂なのだろうな。そうでないなら、あなたには実は体がない。精霊はずっとあなたを見ようとしているが、あなたが常に視線を通過してしまうんだ。あなたはいるが、あなたは見えない。それはあなたがあなた自身ではなく、誰かがなくした霊魂だという意味だ。誰かの体があなたを捨てていった。誰かがあなたを紛失した。だが、今私たちの前に任意の体で座っている、一時的にパウロと呼ばれているのは誰だろう？　あなたは誰かがなくしてしまった存在だ。それであなたは際限もなく迷うのだ。誰もあなたを知らない。あなたは地面に足のつかない身体だ。あなたはあなたではなく、死んだ蛍たちが舞い降りて形作った光の輪郭にすぎない。あなたの中にある苦痛の霊魂があなたを揺るがす。あなたは悲しいのだろ。悲しみがあなた自身だ。そうでなければ、あなたは悲しみを与えるのだろ。あなたは失敗する。名を与え、名を受け取ることに。愛し、また愛されることに。そうでなければ生きていくことや、もしくは生かすことに」。巫女の声には厳しい残酷な呪いがこもっていた。「なぜならあなたを捨てた体は、もしくはあなたが捨てた体は、すでにあなたを忘れているからだ。その体がもうないからだ。森で野犬たちに食われてしまったからだ。あなたのすべては名前と同様、臨時のものだ。あなたには帰るところがない。あなたを捨てた体を求めて永遠にあちこちと空しく動き回ることだろう」

私の同行者は少しもショックを受けなかった。充分に予想していた言葉を聞いたという顔で静かに微笑んだ。

「あなたの話を聞いていると、決して変化させることのできない過去、もしくは未来をあえて知ることは、果たして人間にとって意味があるのかという疑問が湧いてきますが……」。私の同行者は巫女を刺激するまいと注意深く言ったが、それはあまり効果がなかった。逆に、その注意深い態度が巫女をさらに怒らせた。

「あなたは笑うのだね。だがあなたは結局、失う者だ。もうすべてを失った者だ。あなたは体さえ失った。私の言うことがわかるか？　あなたは喪失以上の何ものでもない」

「この人の問題を解決するにはどうすればいいのでしょう？　我々はこれからどうすべきですか？」私が割って入った。本当に解決方法が知りたいというより、巫女の口から出る次の言葉に好奇心が湧いたためだ。

「ふん。精霊は誰にでも贈り物をするわけではない」。巫女があごをしゃくって意地悪く言った。「贈り物は誰にでもいつでも与えるものではないということだ。そういう瞬間は過ぎてしまった」

私の同行者はずっと微笑を浮かべていた。巫女の話を信じることは困難だというサインなのだろう。巫女の攻撃的な口ぶりに静かに反抗するサインなのだろう。そして多分、この不快な場所をさっさと離れたいというサインでもあるだろう。

「では我々は今から、どこへ行くことになるのでしょう？」私はまるで録音された声のように空虚な口調で質問をした。「パウロのことは放っておいて、私の質問に答えてください」

だが巫女は私の言ったことに耳も貸さず、同行者への毒舌を止めなかった。

「体のないあなたはどこにでも行けるが、どこにもいることができない。そう、あなたは誰よりも自由だ。精霊もあなたをどうすることもできない。あなたはそれを知っているだろう。だからいっそう傲慢なのだろうし。けれどもよく聞きなさい、あなたはおそらく孤高な魂なのかもしれない。その確率はとても低いが、学者や聖職者だったかもしれないね。だが今は、娼婦や野良犬の体でもいいからすきあらばそこに宿ろうとして、あたりをきょろきょろのぞき込むような身の上にすぎない。でなければあなたという存在は、もうすぐコヨーテに食われて死ぬであろう丸裸の赤ん坊のような、弱々しいだけの存在なのだ。風の吹く野原に毛布一枚も持たずに放り出されたか弱い生命にすぎない。だからどんなにしっかりと頭を上げていても、あなたは影にすぎない」

巫女はまるで幽霊に向かって吠える犬のように彼に言葉を打ち込んだ。しばらくして、いつ近づいてきたのか黄色いワンピースのマリアが我々の後ろに立ち、めいめいの肩に手を一方ずつ載せた。そして、あなたたちにはどうやら特別な「霊魂を送る儀式」が必要だね、と静かに言った。彼女の声に、酔った形跡は少しもなかった。

後で巫女の家を出てまたバスに乗るために歩いていくとき、同行者は、なぜ私が巫女の勧める霊魂の儀式をあれほど強硬に拒否したのか知りたいと言った。私が巫女に会いに行くことにしたのは、他の理由もあるだろうが、おそらく根本的な目的は霊魂の儀式を写真に撮るためだっただろう（巫女の話が正しいなら、私は写真を撮るために旅行中のウルなのだから）、だが巫女が特別な儀式を行ってくれると提案したのに、また例外的に撮影まで許可したのに拒否するのは理解できないと。

自分でも信じていないものに五百ドルという大金は出せなかったからだと、私は答えた。五百ドルは大金だが、果たして本当にお金のせいでその気になれなかったのかどうかは定かではない。そして何より儀式のためには、精霊に捧げる二匹の動物、一頭の山羊と一匹の犬が死ななくてはならないが、そういうことは我々の二人とも望まなかった。さらに決定的だったのは、巫女が、儀式の前夜は我々二人が巫女の家に泊まるようにという条件をつけたことで、私にはそれが特に不吉に感じられた。

巫女が怖いのかと私の同行者が尋ねた。

そうではない、でも本当にあなたの中にある体を失った霊魂というものが巫女の儀式によって外に出てくるなら、そうやって抜け出した霊魂がどこへどのような体を探しに行くのか誰も知らないのが不安だっただけだと、私は答えた。

巫女は言った、同行者と私は、自分の家のある部屋で二人きりで夜を過ごさなくてはならず、窓を開けてもいけないし、鏡を見ても、電気をつけてもいけないと。

生まれてすぐにパウロに預けられた少女は一生、下半身のないパウロを抱いて歩かなくてはならなかった。

私を見つめる巫女のまなざしはまるで……自分はその霊魂の体となる次の定着地をよく知っていると言わんばかりだった、と私はつけ加えた。

霊魂は比喩だと同行者は言った。比喩であり、絵にすぎないと。我々の想像が言語をまとって現れた、そのことはあなたも知っているではないかと。

巫女が我々に呼び出してくれる絵は、我々にとってどういう意味だろうか？　それが本当に記憶の回復を助けてくれるのか？　私がまた尋ねた。

どちらにしても意味があるのだろう。我々は世の中の何よりも絵が欲しいのだから。絵を見るために旅をしているはずだから。彼がそう答えた。我々は目に見えない瞬間的な絵、体、イメージ、形状から成る現象のギャラリーを旅しているはずだから。

巫女が呼び出してくれる形状や体、絵、イメージは、我々の消えた記憶と実際どんな関係があるのか？　私がまた聞いた。私は疑っていた。我々がそのような絵を目の前で見ることになれば、それはたちまち我々の意識を占領して記憶を上塗りしてしまうのではないか。巫女の家の前にかけてある原色の洗濯物のように、マリアが着ていた黄色いワンピースのように、そしてもしかしたら私が着ている真っ赤なワンピースのように、視覚を制圧するその強烈さによって、我々の記憶を完全に作り直してしまうのではないか。そうなったら我々の本当の記憶が蘇るとしても、おそらく近いうち、今夜か明日の朝には確かにそうなるだろうけれども、我々の中にはもうそれを収容する余地が残っていないだろう。それが怖いと私は言った。たぶんそのためにあなたも名を呼ばれることを拒否したのだろうと思ったと。巫女によって呼ばれる名前がたちまちあなた本来の名前を飲み込んでしまうだろうから、そうなったらあなたは巫女によって規定されてしまうわけだから。

私は疑っていた。もしや巫女は霊魂を呼び出してやるという口実で、我々の眠っている記憶を永遠に紛失させてしまうつもりだったのではないかと。そうやって我々が、パスポートも書類も持たず、名前も記憶もなく、そしてもしかしたら霊魂もなく、どこか遠いところを、国籍のない船のごとく永遠にさまようようにと。我々が、行くべきところに永遠にたどり着かないように。

いっそ、何も知らないまま旅を続けた方がいいのかもしれないと私の同行者がだしぬけに言った。記憶が消える前の過去は本当に我々に属していたのだろうか？　我々が知りえないそれ、過去もしくは転倒した未来と呼ばれるそれは、おそらく最初からただの一度も起きたことがなかったのかもしれないと、彼は言った。

とはいえ、私は海から来たようだと私の同行者が続けて言った。

では私たち、海へ行ってみよう。私が突然提案した。

ところで巫女の家で振る舞われた料理は本当にすばらしかったと、私の同行者は話題を変えた。私もうなずいた。一声の悲鳴とともに男の精霊から解放された巫女は、ぶくぶくした肥満体の中年女性に戻り、私に向けていた粘りつくような淫蕩なまなざしも、私の同行者に向かって執拗に浴びせていた露骨な敵意も全く記憶していないようだった。彼女は親切にも我々を食事に招待し、待ちかまえていたようにマリアがさっと食事を出してくれたが、驚いたことに、みじん切りのトマトと唐辛子をあえた辛いサラダと米のほか、まるごと揚げた大きな野鳥の料理に、デザートとしてクリーム入りのこってりして柔らかいプディングまで出た。サラダは涙が出るほど辛く、コリアンダーとレモングラスの香りがした。我々は巫女が言う通りライスを指でつまんで食べた。分厚い鳥の肉を残らず平らげた後、鳥の頭をナイフで切って骨の間に溜まっているどろりと濃厚な茶色い汁をすすった。だが、くちばしと足は固すぎて嚙めなかった。バターの味がするクリームプディングは舌に触れるとたちまちすっと溶けた。あんなに美味しく香りのよいプディングは一度も食べたことがなかったと思う。神は料理をする女を愛すると巫女が言った。もはや巫女ではない巫女は食事中ずっと、優しい忠告のような箴言《しんげん》を、詩を誦《そら》んじるように口にした。神は料理する女を愛する、神は食べることが好きだからだ。神は食べ、飲み、すすり、舐め、舌と口蓋で味わう行為を好む。神は上手に作られた料理でもてなされることが好きだ。それが敬愛の表現だからだ。従って、料理をすることは神を敬う行為と同じだと言った。また、神は料理する女と同じくらい料理を食べる女を愛すると巫女は言った。彼女は享楽を理解するからだ。彼女は食べ、飲み、すすり、舐め、舌と口蓋で味わう。まるで神のように。食べることは神聖な礼拝だ。肉体の快感が霊魂を目覚めさせ、食べものを通してスピリットが人間の体に宿る。神は他でもなく感覚を通して訪れるからだ。従って、感覚的に食べなくてはならない！　感覚的に食べるとは、満腹感を目指してむさぼり食うこととは違う。特別に食べるとは、神の女になることを意味する。神の女は踊りながら食べ、歌いながら食べ、神の女は指で、髪の毛で、足の裏で、毛穴で、全身で食べるのだと巫女は言った。従って、可能なら素手で、十本の指を全部使って食べるべきで、それができないなら金属よりは木や骨のスプーンを用いるようにと言った。そうすればスピリットが肉体と容易に交信できるからだ。自分が愛するものを食べ、自分が食べるものを愛しなさいと巫女は優しく忠告した。厨房とかまどを家の中の祭壇にしなさいと言った。死んだもの――一年以上冷凍庫に放ってあるもの、使わない調味料や食材、古雑誌から切り抜いたがもう必要ないレシピ、心を幸せにしてくれない食器類、山のように溜め込んだインスタント食品や缶詰、開いたこともない料理本、引き出しに突っ込んで出しもしないスプーンの類や調理用具――を食器棚と冷蔵庫から片づけなさいと言った。サルサソースとミント、マンゴーの味と香りを同時に楽しめと言った。彼女は、生きている味と匂いが記憶を呼び覚ますとも言った。食べ物の質感と香りが我々を助けるだろうと。だから神のために食べよ！　神に食べよ！　神がそれを喜ぶ。厨房が入り口を背にしている場合、前方に鏡をかけて背面が見えるようにせよと言った。記憶がやってきて、自分の後ろ姿だけを見てまた去ってしまわないように。特に、かまどの火が映る向きに鏡を置くのがいちばんよいと言った。

私はそのお返しとして、料理はできないが、神に若干の贈り物を捧げたいと言った。そして祭壇の前に行き、十ドル札を三枚、小さくたたんで置いた。

自分はアンズタケの料理が好きだと私の同行者が食事中に言った。フライパンにバターを半分溶かし、玉ねぎを少し炒め、うっすら赤く若いアンズタケを炒める。そしてキノコが茶色く炒め上がったらフェンネルを振り、水気が煮詰まってきたら溶き卵を入れて塩コショウで味を整える。料理法はとても簡単だが、アンズタケとフェンネルの香りが合ってすてきに美味しいというのだった。私は、アンズタケを料理の本の写真でしか見たことがないと言った。だからアンズタケの料理を食べたこともないのだ。一緒にベーコンを炒めてもいいと私の同行者が言った。バターで炒めた香りのいいアンズタケはとても美味しいだろうと私は答えた。アンズタケは食べたことがないが、たぶんバター焼きにした白ネギの料理なら好んで作っていたようだと。そして私はマリアに向かって言った、舌に触れるとたちまち溶けるほどやわらかい、こんなに美味しいプディングは初めてだと。きっとクリームを入れて作ったからなのだろうと。すると、それはクリームプディングではなく、小麦粉の代わりに豚の脳を使って作ったスフレだよ、とマリアが言った。沸騰したお湯でさっとゆでた豚の脳にコショウとフェンネル、アサフェティダを十分にすり込んだ後、塩水、煮詰めたワイン、牛乳と卵を加えて混ぜ、弱火にかけるか湯煎にして作るのだという。特にクジャク肉のカツレツを食べた後には最高のデザートになると。クジャクのカツ？と私が驚いて尋ねると、マリアは我々の食べた鳥料理の骨を指差して、それがクジャクを丸ごと揚げたカツレツだと言った。クジャクは神が最も好むカツレツ料理であり、その次がキジ、三番めがウサギ、鶏肉と豚肉の順位はその下だとつけ加えた。我々はこのように見事な料理でもてなされるとは想像もしていなかったので少しとまどった。すると巫女は、信じられないことだが、あなたたちは結婚式の招待客だと言った。我々の知らない人たちの結婚式だ。

その言葉を聞いた瞬間、ある記憶が、意識の黒い海の水面から突き出した全く同じ二つの島のように、私と私の同行者の頭に同時に浮かんだ。

ある日道で、何人かの若者たちが我々に声をかけた。ボランティアだと自己紹介した彼らは、とても大きな写真を持っていた。三十代半ばぐらいに見える男女のカップルの写真だった。このカップルが結婚することにしたというのが、そのボランティアが伝える知らせだった。我々はおめでとうと言った。だが、我々からの祝いの言葉を聞くことがボランティアの目的なのではなかった。彼らは、我々が写真を見て、このカップルの物語を想像で作ってくれることを望んだ。その場での短いインタビュー形式で、三つの質問に答えるだけでいいと。例えば、この人たちはどれくらい長くつき合ったでしょうか？　この人たちには子供がいるでしょうか？　この人たちはどこへ新婚旅行に行くつもりでしょうか？　などなど。通りすがりの知らない人たちが想像で作ってくれた物語をビデオに収め、結婚式で流す予定なのだそうだ。この人たちの結婚式は聖職者や媒酌人、ドレスや音楽のない非伝統的な方式で行われるはずだから。最初はとまどったが、我々はすぐにこの珍しい体験に興味を覚えた。ボランティアも一緒に楽しんだ。写真の中の男女は、ジーンズにTシャツという服装で自転車を押して歩いているところだった。彼らはあらゆる面で、我々に声をかけたボランティアと同じくらい無害で平凡そうだったので、ドラマティックな物語を作るのは容易ではなかったが、それでも私はこの楽しい遊びに喜んで参加したかったので、最大限に想像力を発揮するべく努めた。ビデオカメラを持ったボランティアたちが質問を開始した。

「彼らはどこで初めて出会ったでしょうか？」

「彼らは最初、海で会いました。男と女はそれぞれ一人で海にやってきて、写真を撮影するために、女の方から先に男に声をかけたんです。こんにちは、私はウルという写真家です。海辺にいるあなたの姿を写真に撮ってもいいでしょうか？　と。男は最初ためらっていました。一度も写真家のモデルを務めたことがなかったからでしょう。それに、写真家のモデルをやるなら外見がよくないといけないのだろうが、自分はそうではない、と思っていたんですね。でも女は男を説得しました。私はあなたの顔に海を発見しました。それをカメラに収めたいのです……」

「それで結局、男は女の頼みを受け入れることになります」。私が続けられなくなると、私の同行者が話を引き継いだ。「男はおそらく、自分でも正確にわからない何かを長い間探しているところだったのですが、女のモデルになることによって自分が探しているものにいっそう近づけるという気がしたのでしょう」

「すてきですね！」大学生風のボランティアが言った。「でも我々は、インタビューの質問以外には一言もつけくわえるなという指示を受けているのです。だから、このまま質問を続けることにしましょう。二番めの質問です。この人たちはお互いに結婚のプレゼントとして何をあげることになるでしょうか」

「えーと、男は女にミミズクをあげるでしょう」。こんどは私の同行者が先に答えた。

「彼女はいつも驚くようなものが好きなので。そして夜が好きなのです。そして生きているものを好みます。ミミズクをどうやって手に入れるかって？　男はインターネットを検索して、ついに、トランシルバニアのあるオンライン中古店で生きたミミズクを注文できるということを知ります。もちろん違法ですが、男はお金を振り込みます。そうやって注文して一週間ぐらい待つと、ある日の夜に、本当に雄のミミズクが彼らの寝室の窓の外にある、大きな傘のように枝を広げた松の木の上に飛んできます。以後、ミミズクは彼らに属します」

「では、女は男に船をプレゼントしたことでしょう」。私が続けて言った。「水に浮かんでいる一隻の本物の船です。本当に海の旅ができる船。初めて会った瞬間から女は男が何かを待っていると感じていて、それは船かもしれないと思っていたんです。ですから、海辺に一人でいる男を見た瞬間、女にはこんな思いが浮かんだのでしょう。『退化したひれを持つ我々はみんな、来ない船を待って陸地で死ぬのだ』。それからまた、こんなことも考えました。『今日は一生にただ一度しかない偉大な日だな』。彼らは永遠に家を持たないでしょう。彼らは船で暮らすでしょうから。おなかがすいたら魚を捕まえて食べるでしょう。女は裕福ではなく、船をプレゼントするために持っているすべてのものを売ったのでしょうが、少しも心配していません」

「いいですね。では最後の質問です。この人たちの結婚式はどこで行われるでしょうか?」

「それはもちろん、彼らの船で開かれるでしょう」。私は自分でもびっくりするほど熱烈に答えた。「たぶん彼らは、結婚すると同時に二度と陸地に足を踏み入れなくなります。男と女、そして一羽のミミズクは黒い島に行くでしょう。黒い石と砂でできた島です。海辺に沿って城壁のように並んだ黒い岩石の山脈が見えます。険しい断崖絶壁には水鳥が黒い海藻で巣をかけています。島の内側は噴火口のようにぐっと凹んだ広い谷ですが、その島には今まで人が一人も上陸したことがないそうです。もちろんフクロウや犬も全く生息していません」

「黒い島とは、それはどこなのでしょうか?」ボランティアの中の一人が――規則に反するのだろうが――好奇心に勝てず反射的に聞き返した。

「それは、それは……とても遠くの海にあるんです」

私たち、海へ行ってみよう。私がだしぬけに提案した。

インタビューが終わった。ボランティアたちはありがとうという挨拶とともに、この新婚夫婦はビデオインタビューに協力してくれた人の中から、実際の自分たちにいちばん近い物語を想像してくれた人たちを選んで結婚式に招待する予定だと言った。だから、もしも結婚式に参加する意思がある場合、連絡先を教えてくれれば後で招待状を送ることもできるというのだった。我々は面白そうだと思い、泊まっている旅館の住所を書いてやった。もちろん大きな期待はしていなかった。当然、我々は連絡をもらわなかった。そして巫女から、実は我々が結婚式の遠来の客だと聞くまで、そのインタビューを受けた事実さえ、他の記憶と一緒に忘れ去った状態だった。

おそらく私は巫女の言う通り、写真を撮るために旅に出たはずだが、どれくらい長期の旅行中なのかはわからなかった。記憶が始まって以来（もしくは記憶が消えて以来）、私は常にカメラを胸に抱えていた。だが驚いたことに、カメラには写真がたった一枚保存されているだけだった。それは夕闇が色濃く迫った海辺を走っていく三匹の犬だった。幾重《いくえ》にも重なったかすかな光と砂丘の影の間を、まるで一つの生から全く違う生へと流れていく流体のように、肉体をできるだけ地面から離脱させるような姿勢で空中に浮いている猟犬三匹。光が闇を呼び覚まし、闇が光を呼び覚ます瞬間に、黒い水と黒い鏡面の境界を破裂させながら動いているイメージ。存在とは目に見えるものだ。であればそれは、目に見えるすべてのものは存在するという意味だろうか。

私たち、海へ行ってみよう。私がだしぬけに提案した。

すでに我々はバス停留所を通り過ぎ、海に向かう坂道を降りていくところだった。夕方は濡れた魚のうろこの色をしており、どこかからこちらを見つめている犬の瞳を連想させた。道の両側にはレンガと砂、捨てられた板とゴミが散らばっていた。海は灰色の雲におおわれ、風が立ち、波が高かった。低くて青い塀の間を、浜に降りていく道が見えた。遠くで人々が凧を上げていた。我々は青い塀に腰かけ、激しい風を全身に浴びながら、海藻におおわれた岩と砂浜、その向こうの海を眺めた。我々の目の前で灰色の雲はだんだん海の近くへ降りてきて、ついに水に触れ、混ざってしまいそうだった。世界は徐々に濃くなっていき、影におおわれた。我々は闇の中で耳を傾けた。何に向かってなのかは誰も知らぬまま。

「女よ、何も心配せず入ってきなさい。この部屋には私と、そして大きなハエ一匹しかいませんから」。私の同行者がつぶやくようにそう言った。彼はいつの間にか、ポケットから取り出したレイモンド・チャンドラーを声に出して読んでいたのだ。私は突然、限りない疲労を覚えた。そして昨夜睡眠薬を飲んだのは私であり、その効果が今になって現れたことを悟った。麻痺したように手足の力が抜け、ひとりでにまぶたが下りてきた。全身が解体されるように感覚がゆるんでいった。

「続けて読んで」。私は目をつぶったまま、青い塀の上に体を横たえて言った。「眠れるように、続けて」。しかし私が次の文章を聞くより前に船が現れた。私は目をつぶったままで海の船を感じた。

「我々が我々自身に対して当惑するなら、それは何よりも我々の総体的な形態を構成する予想できない非均質性のためだろう……」

同行者は読みつづけた。だがそれはまだチャンドラーなのか？　そして本を読んでいるのは私の同行者ではなく、もしや私の声ではないだろうか？　けれども私は、それについて深く考えるには疲れすぎていた。気を失うほどの疲労感だった。遅れて現れた睡眠薬の効果の中で、私は一度に押し寄せてきた測量できないほど深い夜を経験しているところだった。マラリアの薬と一緒に服用した睡眠薬はまぶしいほどの夢を構築していた。夢の中で私は、眠っているのでもなく目覚めているのでもなかった。海辺の青い塀の上に寝ている私の体の上に、レイモンド・チャンドラーのある一ページが影を落とした。同行者は私の頭の真上でずっと本を読んでいたが、それは私には聞こえなかった。もう空に太陽はなかった。だが完全な夜ではなかった。獣の鳴き声のような波の音、そして同行者が本を読む声の中で私は眠り、歩いた。私は眠り、踊った。私は完全にうなだれて眠ったままで遠くまで行った。私の歩みは地面から少し浮いたまま、地面を踏まず、まるで鳥のように……私は遠ざかっていた。何から？　私の同行者の声から。おそらくそれを聞いている私から。今ここから。まるでこの世に初めて生まれてきた日のように、私は疲れに疲れ果てていた。

「我々の記憶の総体的構成をなしている非均質性……」。世の中が破裂したそのすき間から、遠くから、私の同行者の声がぼんやりと聞こえてきた。

「今思い出したのだけど、昨夜、お客が訪ねてきた。確かにそのことは思い出せるが、まるで作られた記憶みたいに妙な違和感がある」。私の同行者がふとそう言った。彼の声はあまりに遠かったので、私は聞き逃さないように必死で耳を傾けねばならなかった。

……。部屋のドアをノックする前に階段を上ってくる音が聞こえた。肥満した人の、のろのろした歩き方だった。途中でしばらく休み、深呼吸もしていたようだ。その人が誰を訪ねてきたのか我々にはわからなかった。部屋は廊下のいちばん端の突き当たりにあり、この部屋に来るためには食堂の裏の倉庫を通って途中にあるドアを開け、階段を上らなければならなかった。途中のドアは夜は閉まるので、鍵が必要だった。従って、そのドアを通ってきたということは、訪問者として主人に応対してもらったか、あるいは旅館の他の宿泊客であることを意味する。その人は我々に会いに来たのだろうか?

何の予告もない突然の訪問が好きな人もいる。するのもされるのも両方。かと思えば、前もって約束していない訪問者がブザーを押しても一切答えない人もいる。私の場合はよくわからない。予告があったにせよなかったにせよ、訪問したりされたりすることがめったになかったのだろうという気がした。私はもともと一人だったのか？　そうだったかもしれない。私には母も父もいなかったのか？　そうだったかもしれない。私は外国人と結婚して遠くに行き、息子も娘もおらず手ぶらで帰ってきて、巫女の霊的な娘であり同業者となった元裁縫師だったのだろうか？　そうだったかもしれない。私には私と名前が同じで、だが私が一生の間に一度も会うことのないルーマニア産の牧羊犬がいるのだろうか？　そうだったかもしれない。私は野犬たちの森の中で霊魂をなくしてしまったのか？　そうだったかもしれない。すべてはそうだったのかもしれない。私はがたがた震えた。そうだったのかもしれない。私の同行者は誰なのか？　チャンドラーを読んでいる、私の知らないあの人は。地図にないこの海辺、乾いて鮮やかな夢の中で、私は完全にうなだれて眠ったままで進みつづけた。だんだん遠ざかっていく私の同行者の声を聞きながら、進みつづけた。わずかに汗に濡れた真っ赤なワンピースの下で生ぬるい匂いを放つ乾いた皮膚をまとって、私は進みつづけた。青い塀の上に横たわり、波に混じって聞こえてくる私の同行者の声に耳を傾けながら、私は進んだ。

「今思い出したのだが、正体のわからない夜の訪問者は、我々のドアをノックしたんだ。そっと静かに、邪魔するまいという気持ちが充分に伝わるように、でも自分はどうしてもこの仕事を遂行しなくてはならないので、このままここを引き下がるわけにはいかないという不可避さだけははっきり伝わるように、それでもあなた方を愛していると、顔も知らないがあなたたちを愛しているし、あなた方に何らかの害を与えるつもりは露ほどもなく、可能ならばいつ何時《なんどき》でも、限りなく親切にしたいのだと言いたげな躊躇、とまどい、あまりに拙いのでいつも他の意味に誤解されてしまう優しいノックの音だったな。それを思い出す」

私は私の同行者の声となって消えていた。彼の影になって、彼の考えになって消えていた。私は彼という溶媒の中に落ちた一滴の青インクだった。ワンピースの生地の下に感じられる生ぬるい皮膚の匂いは、もしかしたら私ではなく彼のものなのかもしれないという気がした。だが私は何の抵抗もできなかった。私は、私は、麻酔されたようで、だが意識は明瞭なままで、眠りの奥の深いところへ押し流されていく精神の質料にすぎなかったから。

「まるで波みたいだ」。私の唇がこうつぶやく音が聞こえた。

「何が？」同行者が聞いた。

「私を乗せていく私の中の血の流れが」

「続けようか？」私の同行者がまた聞いた。

「そう、続けて」

それで彼は続けた。

ノックの音が止まった。そして長い休止期間があった。訪問者は我々が寝ていると思い、どうすべきか、立ったままで思案していたのかもしれない。または、彼も我々の部屋のドアの前に座り込んでため息をつくことの方を選んだのかもしれなかった。いずれにせよ彼は帰らなかった。階段を降りる足音は聞こえなかったから。ノックの音が止まった。最初は何も起きなかった。我々は再び眠らず、訪問者はもうドアをノックせず、といって訪問者が帰っていくことも起きなかった。我々への伝言を持ってきた訪問者は、直接話すことをあきらめ、代わりに急いで書いた紙切れをドアの下のすきまにそっと押し込んだ。私はそのメモを受け取ろうとして手を伸ばしたが、届かなかった。だが私はそれを読む前にもう内容を知っていた。我々は結婚式に招待された。いつか我々が答えたビデオインタビューの回答の全部または一部が新婚夫婦の実際と一致したためだ。でも正確には何が一致したのだろう？　ともかく結婚式の船がすぐに出発する予定だから、我々は急がなくてはならないと、紙にはそう書かれているのだろう。

「新郎新婦は感謝を込めてウルとその同行者を結婚式に招待します」。メモにはそう書かれている。道で私についてきた犬がそう言う。巫女の情婦であり、精霊のうつろな声であるマリアがそう言う。私が電話に出ると、少女の声がそう言う。たぶん少女は我々にインタビューをしたボランティアの一人だったのだろう。

招待はありがたいが招待客にはなりたくないと、その全員に向かって私は答える。私の返事はまるで宣言のように響きわたる。

それは私があらゆる種類のパーティーが嫌いだからだ。パーティーは世の中で私が最も嫌いなものに属する。私は船を買えるほど金持ちでもなく、雄のミミズクを贈られたことが一度もなく、結婚パーティーに招待されたことはもっとない。結婚式だけでなく誕生パーティーにも葬式にも、もっといえばありきたりな夕食にさえ私は招かれない。だが、もしそれでもいいなら、私の同行者が代わりに結婚式に参加することができる。彼は私ほどパーティーや人を嫌悪せず、船酔いもしない。彼は私のようにいらいらしないし、神経質でもない。彼はパーティーを好きなわけではなく、そして実際私と同じくらい内気だが、酒を一杯か二杯飲みながら一言の挨拶もせず、人々の中に一人で立っていることに私ほど耐えられないわけではない。私の同行者は？　彼はそこの壁の前に立っている。明るいグレーの光と暗いグレーの影の間で、彼は黒い服を着て丸いつばのついた帽子をかぶっている。そうだ、あなたは正しい。彼はレイモンド・チャンドラーを読んでいる。パーティーが開かれているホールの壁に寄りかかって黙ってレイモンド・チャンドラーを読ませておきさえすれば、世の中のいかなるパーティーも彼を完全に殺すことはできない。甚だしくは彼がもう死んだ状態だとしても！　しかも彼は、ある程度は好感を持たれる外見も備えている！　もちろん、たとえ結婚式であっても彼が黒い帽子を脱ぐことはないだろうが。端的に言って、彼は無害だ。匂いもしない。盗みもしないし人を病気にすることもない。彼は自ら失敗する者であり、私のように廃墟を誘発する者ではない。もし必要なら、彼はそこにいない者のようにふるまうこともできる。だから結婚式の招待客には私よりずっと向いている。ところで私が、私がなぜ廃墟を誘発するのかと？　七歳のとき私は家を壊した。下着を焼き、通学かばんを焼き、家族を焼き、眠ったまま深くうなだれて歩いた。私は誰も住まない家になりたかった。私の家のかまどは冷たく、鏡は何も映さず、庭にある植物のどれも花を咲かせたり実を実らせることが許されていなかった。すべての唇はつぐまれ、すべてのまぶたは閉じられる。私は窓のない家だ。私は石を投げられる家、焼かれた家だ。畏敬の念を抱かせる醜聞の家だ。私はペストが発生した家だ。台所のかまどから取り出した燃えているたきぎですべての壁とドアを焼くという浄化の儀式を行った家だ。私は最後まで猶予された書類であり、永遠に読まれない原稿だ。永遠に、そして何度でも新たに書かれるべき一冊の本だ。私は一人で家を出て一人で家に帰り、誰も食事に招かない。私は誰も知らない匿《かく》された革命家であるからだ。私は何も転覆させない転覆の陰謀を、目的地のない私の旅を匿している。私の陰謀と旅行は無期限に延期され、もしくは永遠に起きないからだ。私が行くことになる山の稜線の勾配が危険だからだ。狂った馬に乗って疾走するであろうからだ。血まみれの手紙が誤配されたからだ。私は電気の消えた家に差し込む月明かりの中に両腕を垂らしたまま一人で座っているからだ。私はまだ埋葬されていない死んだ子供であるからだ。私が私の知りえない名前であるためだ。私が私の知りえないウルであるためだ。ウルは完全にうなだれて眠ったままで、幼いころに折れた首の骨を揺らしながら行く。

まるでこの世に初めて生まれた日のように、私は疲れに疲れ果てていた。私は進みつづけた。青い塀の上に横たわり、波の音と私の同行者が本を読む声を聞いた。

とても背が高い、不安になるほどほっそりした影たちが、長い、裾幅の広いコートをはためかせながら凧を高く揚げて私の同行者の背後を列になって通り過ぎた。彼らのコートのポケットにはぎらりと光る短いナイフが、彼らの耳には骨の針が刺してあった。

おぼろげな光の余韻のすき間に溜まった黒い光の穴は濃くて深かった。三匹の黒い犬が海辺を走っていった。半透明の黒い光の層の間に、犬たちのシルエットが長くうねっては消えた。そしてまた現れた。犬たちが飛び上がるたびに、虚空は黒い光彩でできた無数の水平線で分割された。犬たちは長々とした三日月のように、狂ったように体を震わせながら、暗闇から光の鏡の中へ飛び込んでいき、光から再び闇の鏡の中に滑っていくことを永遠に反復した。眠りを感じる瞬間に私はすでに眠りから抜け出し、抜け出した瞬間にまた眠りが私を飲み込んでしまうことを反復した。私は海辺の犬のように、たくさんの眠りの層の上をひらめき動いた。

夢の中でのように、私は脇腹に刺さった短いナイフを抜いて持った。骨の針が私の耳を貫いた。血は流れなかった。ひどく平和だった。

まるでちょっとの間眠っていたように、一瞬が過ぎると世界はもう絶対的な夜だった。だが驚いたことに私の目は闇と闇を、黒いものと黒いものを何よりも鮮明に見分けることができた。黒い服を着た私の同行者が下の方の暗い海岸に立っていた。私は青い塀から降りて岩浜へと、私の同行者の後を追った。私はしばらく黙って、注意深く足を運んだ。岩がつるつるしていたからだ。何度かよろけて、転びそうになったが、かろうじてバランスをとることができた。海に近づくほど波の音が大きくなり、海の匂いが濃くなった。私が海岸に到着すると、私の同行者は急に走り出した。

「ほら!」彼の指差したところで、巨大な凧が風にぽっかりと浮いていた。誰かが捨てていった持ち主のない凧は、今しも空へ上昇しようとしていた。鳥の形の凧だった。「あれを捕まえなきゃ!」彼は幼い少年のように興奮して叫んだ。そして暗闇の中へ走っていった。すると不思議なことに彼の形状は闇の中に吸い込まれたように消えてしまった。私は両手で目をこすり、すると海岸を走っていく彼の後ろ姿がまた見えた。凧は風向きに沿って砂浜をかすめるように低く降りてきて、すぐに速いスピードで渦を巻くようにくるくる回転しながら、手の届かない空中にひらりと舞い上がったりした。闇ははためくカーテンとなり、無数の層の遠近が私の視野をおおって揺れ動いた。その間に夜のものたちが現れては消えることを反復した。骨のピアスをしたやせて長身の人が、風の強さにもかかわらず少しもよろめかずに目の前を通り過ぎた。彼のコートがはためき、私の頰を打った。コートはニレの樹皮のような粗い繊維で作られていたので、引っかいたような跡を皮膚に残した。彼が私の顔に触れんばかりに近づいてきたとき、私は彼の開いたコートのすき間に、胸に抱かれた黒い犬を見た。

海が非現実的にふくらんだ。月と星々が衝突した。私は睡眠薬の幻想から抜け出そうとやっきになった。私の同行者の手が暗闇の表面から白く突き出され、だが、凧をつかまえることには失敗していた。私は闇の中に突き出された手の骨格を、皮膚と毛と爪、関節の曲がった形としわ、ぼんやりしたピンク色の手のひら、先が妙にしなった中指、視覚的にはっきりと区別できる、ふわふわしていたり固かったりする部位たちを、まるで私のもののように長い間観察し、感じることができた。凧が飛んでいく方へ向かって走っていた彼が再び闇に飲み込まれる瞬間、私は闇の透明な歯を見た。彼が消えた方へ向かって走っていこうとしたが、しきりに砂に足をとられてスピードを出すことができなかった。ある瞬間から……何も見えなかった。凧がはためき、重く湿った風が激しく吹き、濡れた砂を踏んで走っていく私の同行者の足音が聞こえたが、視野にあるのはただ暗黒ばかりだった。私の足元に波が押し寄せてきた。深淵から立ち上った泡は冷たく、同時にぬるかった。

「待って！」私は私の同行者がいると思われる方向に向かって叫んだ。「何も見えない、暗すぎて！」

だが静かだった。深淵は我々のすべての音と動きを吸収すると、しばらくしてまたいっぺんに吐き出した。すると私の同行者は初めて軽く息を切らし、手で額の汗を拭い、もう一方の手では凧をつかまえようとした。波が彼らの間を冷たくそしてぬるく隔てた。ずっしりした泡が粗い砂粒の間で砕け、海がもったりしたため息をついた。すぐ目の前を通り過ぎる影を感じた。私の同行者の湿ったシャツの匂いを感じた。彼が靴を脱ぐのを感じ、裸足で砂の上を歩いているのを感じた。凧がまた低く降りてきた。長々と伸びた凧の尾が海の黒い水面をかすめた。凧の尾が絶えずぴしゃりと水面を打つ音、粘液質のべとべとした風。だが静かだった。私は全身の感覚で海を、闇を、私の同行者を、そして凧とその他の世界を感じたが、何も見えなかった。私は目が見えなくなってしまったのだろうか？そのとき、ちょっと離れたところから同行者のうめき声が聞こえた。私はよろよろしながらゆっくりとそこへ歩いていった。

「目が見えない」。私はそう言いながら手を伸ばして私の同行者に触れようとした。私の同行者が何か言ったが、声が小さすぎて聞こえなかったので、私は彼に耳を近づけた。海の匂いとはちょっと違う種類の生臭さが漂ってきた。もっと熱くもっとべたべたした、もっと赤い匂いだった。

「何かが私の耳を噛んだ」。私の同行者が少しあえぎながら、苦痛を押し殺した声で言った。私は砂に手をついた。私の同行者のものだと思われる肩と頭がそこにあった。「たぶん犬だと思う」。同行者が言った。彼の耳から流れた血が砂に染み込んでいた。

「傷はひどい？」私が彼の頭をおずおずと撫でながら聞いた。

「そんなにひどくはないみたい。血が少し出てはいるけど……」。彼が答えた。「傷を水で洗いたいんだが」

「海に入って」。私が言った。「海水で洗えばいい」

「あ、そうだね」。彼が立ち上がり、砂を踏んで彼の足音が遠ざかっていった。「傷口を洗って、シャツで拭こう」

「波が激しそうだから気をつけて」。私は彼に向かって叫んだ。

近くで凧がはためいた。私は手で砂を握った。波の匂いに混ざって血の匂いがした。ああ、私は目がくらんだな、と思った。ずっと前から私が恐れてきたことの正体がまさにこれだったのか？　いや、違う。黒っぽいしみのある手のひらの輪郭が、闇の中から再び現れた。濃淡さまざまの黒い影たちが、時差を置いて次々にはためきながら飛んでいった。彼の髪を撫でるときの、なじみづらい温かさの感触が手のひらに赤黒く残った。爪がまた空中に突き上がり、遠ざかっていく音が聞こえたが、見えはしなかった。頭を上げると、波立つ海に、嘘のように白い船が浮かんでいた。うねりつつ、くねりつつ、重力から解放されたように水面上にわずかに浮いたまま、黒くもあり白くもあり、白くもあり黒くもあり、いつでも渦巻いて消えてしまう準備ができている、まるで見えない爪のように。

さっきまで私の同行者がいた場所には、黒い血の跡が残っていた。

海がまたふくらみ、水が静かに満ちてきた。私は足首まで海に浸かって立っていた。水は黒く透き通っていた。手のひらほどの深さのところに私の同行者の耳が浸かっていた。それは不可避な運命によって海岸に打ち上げられた深海の変種の貝のように白く静かだったが、次の波が押し寄せると何の抵抗もなく流れにさらわれてしまった。

「戻ってこい！」私は同行者が行ってしまった方に向かって叫んだ。だが返事はなかった。「船にあの人を助けてもらおう！　絶対そうしてもらおう！」私は声を出してつぶやいた。波によって浮き上がった私の体はいつの間にか、水面から少しだけ浮いた空中を歩いていた。

急速に満ちてきた水はいつの間にか青い塀にまで届いてうねった。

翌日の早朝、目覚めた私は下の食堂に降りていき、朝の散歩をしたいと言った。主人はうなずいてドアを開けてくれた。人影のない夜明けの街に出ていった。灰色の霧のところどころに黄色い光のかたまりが浮かんでいた。姿の見えない犬たちと猫、盗人の足音が私のそばを通り過ぎた。昨夜ゴミを燃やした煙の匂いが完全に消えず、そこに澱んでいた。ある家の一階の台所から熱いアルマイトの鍋でパンを揚げている匂いが流れてきた。道は静かで広かった。すべての家のテラスは空いていた。薄暗い日差しと霧の中で、テラスの錆びた鉄の手すりが褐色のレースのように現れては消えた。私は深呼吸して自由に歩いた。すぐにバス停留場が見えてきた。どこへ行ったのだろう。すべてのものは、どこへ行ったのだろう。私は停留所のベンチに座って空の電話ボックスを眺めた。空気中には蛾と砂、犬、そして塩と水が感じられた。それらのすべてが一時は生きていた。生ぬるい肌、本を読んでいる声が。どこへ行ったのだろう。我々のすべてがあるときは生きていた。どこへ行ったのだろう。

湿気を含んだ土を踏む足音が聞こえ、かすかな黒っぽい形状のものがバス停に近づいてきた。私は振り返ってそれを見つめた。霧の間に突然現れたそれは、怖いほどほっそりした体つきの、身長が二メートルもありそうな肌の黒い男だった。私は反射的にポケットを探ったが、金は全く入っていなかった。常に二十ドル札をポケットに入れて歩けという忠告を聞いたことを思い出した。それがだめならせめて十五ドルでも。そうでなければ、死ぬだけ。これは現実だろうか。私には彼が自分を撃つことがわかった。または刺すことがわかった。そして彼は自分の道を歩きつづけるだろう。二十ドル、または十五ドル。誰にでも必ず一度だけこういう瞬間が、誰も二度は体験できない瞬間が迫ってくると、他のすべての人々と同様に私も知っていた。だが、果たして今この瞬間がまさにそのときであることを、人間はどうやって知るのか。

コンクリートのベンチは露に濡れて冷たかった。だが私は奇異なほどに私自身の運命に対して無感覚であり、無感覚だと信じており、私の無感覚さが自分にそっくりそのまま居残ることを許容するだろうと信じていた。男が私の前に近づいてぬっと立ちはだかると、長く不安な影が私の上に垂れ込めた。目の前で、金属が重たげにじゃらじゃらと鳴った。男は両手に手錠をしていた。彼は手錠をした手を前に差し出した。私は首を振った。金がないという意味、もしくは他の意味でも助けになってやれる立場にはないという意味だった。男は一歩後ずさりしたが、笑っているのか顔をしかめているのかわからない表情だった。夜明けの通りが私の運命を静かに見守っていた。残忍に、しかし自分の公正な法則によって冷静さを保ちながら。私は目を閉じた。そして「私が誰か他の人だったらいいのに」と言ったけれども、男には聞き取れなかっただろう。おそらく、私が「金がない」と言っていると思ったかもしれない……。そうでなければ、死ぬだけ。

そしてまた目を開けたとき、黒い男はもういなかった。彼は自分の道を行った。彼は私の記憶の中で粗い樹皮の繊維のコートを羽織り、胸に黒い犬を抱いた姿として残った。そのときになって私は、実は彼が強盗ではなく、ずっと前に職を失ったバレエダンサーだったかもしれないと思った。ひょっとしたらどちらである可能性もあった。私が見られなかった彼の消える場面には、人並みはずれた動作とリズムがあったからだ。地面を踏んでいるのにずっと地面を認識していないような足取り。彼は一九八八年にソウルを訪れ、「白鳥の湖」を公演したバレエ団の一員だったはずだ。だから私は彼を見たらすぐさま「そうだと思っていました、あなたは踊る人ですね！」と言わなくてはならなかったのだ。すべてのものが意識の表面から少し浮いた状態で、踊るように遠ざかっていた。そこで初めて私は記憶が戻ってきたと思った。それは本当に奇妙な回帰だった。私が持っている一生の記憶は、自分は唯一にして完全な全体だと主張するただ一日の記憶だったからである。ある一日の記憶が、肉を引き裂くほど強烈に忘却の中から噴出した。まるで私が一生の間ずっとその一日を生きてきたかのように。私の一生がただその一日だけでできていたように。生まれてこの方毎日毎日、ひたすらその日だけをくり返し、それを少しずつ変形させながら生きてきたかのように。

Ⅱ

すべてのものは光から出てくる。常に過剰すぎる、または稀薄すぎる光から。左端の輪郭がはっきりしない女の形状がドアの前に立っている。女は緑色のコートを着ている。壊れそうなほど古いドアだ。少しためらってからドアをたたく。そしてしばらく待つ。中からは何の音も聞こえてこない。女は一歩下がって静かにドアを凝視する。まるで、中からドアスコープで見ている誰かが自分をもっとよく見られるようにと気遣う身振りであるかのようだ。誰もいない。家の中にも、家の外にも。敷居にたまったもの言わぬ埃と真昼の耳鳴りだけ。どこかで鉄の門がキイキイときしみ、鳥の鋭い鳴き声が聞こえたが、やがて完全ではない黄色い静寂が一匹の獣を閉じ込める。

女の片手は旅行かばんの持ち手を握っている。もう片方の手にはずっしりとした買い物バッグを持っている。女はじっと立ち、自分にも正体のわからない何かを待つ。そのときまるで回答のように、コンクリートの階段を踏んで、頭に白い頭巾をかぶり、黒い冬用の制服を着た修道女二人が上階から降りてくる。女は声も立てずに驚き、身をすくめる。修道女たちと女の姿が重なる瞬間、彼らの形状が、光によってのみ生み出される空と海の上の一隻の船のように、お互いの枠を崩しながら混ざり合っていく。一瞬、彼らは解明不能の不均等な全体となり、まぶしくゆらめく。一瞬、彼らは一つの光だった。だがすぐに修道女たちが女の体を完全に透過して、陰《いん》と影《えい》とが誕生する。瞬間の重なりから解放されて我に帰った女はもう一度ドアをたたく。下の階段を降りていくところだった若い修道女一人が女をちらっと見上げる。彼らと目が合うと修道女は微笑を浮かべ、女も反射的な微笑で答える。急激に、いや実は徐々に、女が手に持った買い物バッグが重くなる。想像の及ばない何らかの意図によって、あるいは単純な偶然で、若い修道女は手すりの光がとどまっている部分に手を載せる。若い女の手。短く切った爪とやや丸みを帯びた指先、くっきりと深い指紋の渦巻き。修道女の手が手すりをすーっと滑り、修道女の体の中でいちばん最後に消える。

ついに女は爪先立ちをしてドアの上の枠を手探りする。

鍵がある。

女が埃のいっぱいついた鍵をスカートの裾で拭き、ドアを開ける。そしてまた鍵をドアの上の枠に載せておく。

まず最初に、冷たく沈んだ濁った空気が彼女の全存在を抱擁する。長いあいだ閉じ込められていたものたちの湿っぽい匂いが彼女の体内に押し入ってくる。

この密度、息が詰まる。

女はまず最初にカーテンを寄せて窓を開ける。長い光の一筋が室内に入ってくる。光は白い壁と床を照らし、女の顔と首に向けて正面から降り注ぐ。ずっと前、おそらくこの家が初めて建てられたころにこの窓を開けたら、粗末なレンガ造りの家がちらほらと点在する、雑草だらけの丘の下、遠くに広がる海が見えただろう。そして光もはるかにたくさん入ってきたことだろう。空き地では犬が歩き回り、軒下には古い自転車とたんぽぽ、雨樋の水を受けるバケツがあっただろう。だが今は急勾配の丘のてっぺんまで他の家がいっぱいに立ち並んだ上、海辺に近いところには富裕な人々のための高級住宅が障壁のように並んでいるため、事情がかなり変わっている。窓の外、枯れたバラのつるが伸び放題の無秩序な垣根の向こうでは、高級住宅の裏庭の塀の上に突き出した五葉松と糸杉が視野を遮っており、その間にできた曲がりくねった細道だけが、海まで歩いて行けることを暗示しているだけだ。もう海は遠ざかったか、または見えない。見えるのは海の上に浮かんだ透明な光のかたまりのような抽象的な空の一部だ。だが女は窓の外の風景のことはあまり気に留めず、大きく深呼吸する。そして開いた窓の前に立ったまま、軽く風が吹いてきてカーテンが揺れるのを待つ。そしてほんの短い一瞬、羽のように戦慄するカーテンを、無意志の自然とカーテンの服従を呆けたように眺める。まるでカーテンの一生とはただ一度風に揺れるために存在することであり、自分はそのカーテンの偉大な使命が達成された瞬間の唯一の目撃者だったと、内なる記憶に深く刻み込もうとするかのように。女は頭をそっと上げる。女のその行為には無意志の意志が充満している。ただ一度だけの長い一瞬が流れる。

女がなすすべもなく窓の前に立っている間に、窓から入ってきた光は家のいたるところのものの表面でそれぞれ異なる質感と明るさで反射し、ものの形状と成分を変化させる。ものの筋肉が動き、皮膚に血色が回り、色彩を帯びる。古い、少し傾いてあちこちにすき間があいた床には細かい埃がたまり、その上に女の足跡が残っている。光線の中にも、どこから来たのか量り知れない埃が立ち上っている。リビング兼キッチンと寝室から成る小さな家は突然、生きているものたちの影と埃で不安げに波立つ。形状がぼやけ、輪郭がはっきりしなかった角がすばやく尖る。女は窓から向き直り、家の中を見渡していく。女の髪の毛と頬とかかとにたまっていた光が女を追ってくる。リビングの、彩色されていない大きな木のテーブルはそのときどきの状況によって食卓や調理台、あるいは机として使うことができる。その上には空の果物鉢が、ひびが入って色褪せたまま置かれている。ほとんど空いた本棚には古いグラフ雑誌や、古本屋でしか見かけない昔の写真集、今はもう旅行先として人気のない国の旅行案内書や地図、編み物の教本や昔ふうの料理本などが立ててあるだけだ。そして黄色く色褪せた古い封筒があり、それは地域の保健所から送られてきた案内状だ。台所の棚には平凡な形の鍋とやかん、ひびの入った皿、縁が欠けたコップ、そして手のひらより小さなモノクロ写真の額がある。近寄ってよく見ると、それは海辺で撮った古い風景写真で、濃い陰影の中で海岸を走る三匹の犬たち、そして写真の端に、まるで予想外にフレームの中に入ってきた偶然の被写体であるかのように、裸で海に向かって立つ一人の女性の体が半分ぐらい見えている。窓ガラスの前の手のひらほどの幅の窓枠には空の陶器の花びん、浴室には水気の全くない石鹼が一個ある。ふと思い出したように女は石鹼で手を洗う。寝室に行って小さな窓を開ける。古くなって塗料がはげ、歪んだ木の窓枠はちゃんと開かないので、何度も力を込めて押さなくてはならない。寝室の窓から見える風景もまた大した眺めではない。裏の壁と壁の間のぼんやりした緑色の苔、汚い褐色のレースのような蜘蛛の巣、この前の秋に死んで干からびた虫、みすぼらしいバラのつるの痕跡。寝室の窓ぎわには一人用の古いソファーがあり、そのそばには何着かの軽い服と薄い毛布、毛糸で編んだ赤い靴下を入れた引き出しがある。引き出しの上には古い鏡がある。女は鏡の中の自分をしばらく、何という感動もなしに見ている。わずかにバラ色が混じった黄色と薄茶色の頰、目の下の黒っぽいくまと白い歯、血の気のない真っ青な唇。女は疲れた気配がいっぱいに漂う青ざめた頰を撫で、ぼさぼさの髪の毛を整える。ベッドにはがらくた市でよく見かける刺繡の施された白いベッドカバーがかかっており、その横の背当てのない木の椅子の上には黄色い小型のラジオがある。ベッドと布団は古いもので、誰かが寝ていた痕跡はない。女は手のひらでベッドカバーを撫でてみる。ところどころで木材が黒く腐っているほど古いこの家には、基本的な家具と生活用品はあるが、ここに住んでいた特定の個人の痕跡は全く感じられない。女は自分の旅行かばんをベッドの下に押し込む。

女は台所に行って買い物バッグをテーブルに載せ、冷蔵庫を開ける。大きくない冷蔵庫には魚の缶詰一、二個と水の容器が入っているだけで、ほとんど空だ。女は缶詰をゴミ箱に捨て、水の容器の中身を捨てた後、買い物バッグから取り出した食材を冷蔵庫に入れていく。ワイルドライス、砂糖、ケール、オリーブオイル、酢、リンゴ、トマト、レモン、アボカド、バター、卵、コーヒー、パン、牛乳、くるみ、アーモンド、ドライクランベリー、ひよこ豆、唐辛子、生姜、フェンネル、アニス、粉末チキンスープ、そしてミントとアンズタケ一袋。すべて今日買った新鮮な材料だ。女は柄のついたミルクパンに水とコーヒーの粉を入れてガスの火にかける。コーヒーはすぐにぐらぐらと煮え立つ。食器棚から出したペーパーフィルターを使ってコーヒーを濾し、砂糖と牛乳を入れる。女はガラス窓を背にして座り、コーヒーを飲む。そのとき幻覚の一場面のように、女の左肩後ろのガラス窓から見える遠いところで、明るく大きく薄オレンジ色の光のかたまりがぱっと炸裂し、女と窓ガラスとコーヒーカップを無限の閃光が一瞬で飲み込む。光に包まれたものたちはその瞬間、自意識と意志を失う。何も見えない。何も見ない。ただコーヒーカップが軽くカタカタし、閃光の突端で女の中指の先が光るだけ。ただそれだけ。その後、光は軽いため息とともにすべてを吐き出す。光の雲から抜け出してきたものたちは、何の記憶も伴わず、破壊的なほど激烈にして静かな感情の余韻とともに、その場に残っている。持ちつづけることがかなわなかった記憶を喪失したために病みながら。まるで今、ここ、この場に偶然に居合わせることになった遠い海の一かけのように。何も気づいていないように、女は見えない遠い海を背にして座り、静かにコーヒーを飲む。空気中にはまだ埃の粒子が舞っている。測定することのできない長い長い一瞬が通り過ぎる。あなた、生きている？この密度、息が詰まる。

コーヒーを飲み終えてからやっとコートを脱いだ女は、食器棚のコーヒーカップとグラスを数え、これという理由もなく寝室の引き出しを一つ一つ開けてみてから、ふと思い出したようにいちばん下の段からきれいにアイロンをかけてきちんとたたまれた木綿の布巾を何枚か取り出して台所に持っていく。台所と玄関の間を通る女の姿が壁にかかった狭い鏡に映って消える。本棚の前を通りがかって写真集と旅行案内書を手に取り、適当なページを開き、立ったままでちょっと読み、もう一度浴室に入って手を洗い、無意味に髪の毛をかき上げ、何かを忘れた人のように、自分が忘れたことを思い出そうとする無意識の身振りをしてからふと、何らかの決意をしたような姿勢でストッキングを脱ぎ、素足になって、大股で床を横切り、歩きはじめる。入り口から窓に向かって歩き、また体をぐるりと回転させて、窓から入り口に向かって何度も歩く。室内は大股で五、六歩歩けば向こうの端についてしまうほど狭かったが、特定の感情がこもった身振りで歩くという行為そのものが女を次第に陶酔させる。そしていつしか女の体は徐々に、自分にも聞こえない何らかの音楽に乗っているかのように動きはじめる。歩くという動作を通して女は徐々に、自分でも意識できない一つの表現に、高貴な手段になっていく。女の中の何かが高潮し上昇する。女は自分を、たった今霊魂が宿った瞬間のミルク色の蠟燭のように感じる。小さな、しかし生きている炎がそこに立ち上り、肉体は優しく終末を志向し、蠟燭はそのようにして熱い蠟の涙を流す。肉体はバレリーナのようにめりはりのある軽さを帯び、腕は感情を訴えるように前へぐっと差し出されては激情的に胸をかき抱き、向きを変えるたびにあごと首を優雅に上げ、片腕を宙に浮かせたままで体をぐるりと回転させる。体の動きにはリズムが乗り、顔には感情がよみがえる。ときには歓喜で、ときには絶望で表情が歪む。しかし苦痛は双方にある。最大の緊張と集中によって爆発しそうな部位は女の指、妙に灰色を帯びたその中指の先だ。指先、それは踊る者だけが全神経を傾けて意識している身体部位だ。女の膝のあたりで白いスカートの裾が激しくはためきながら、まるで閉鎖された旅館のようでもあるこの匿名の場所にある種の緊張と興奮を、つまり独自の個性を与える。女の中で発火したその何かが女を燃やしていく。それは自然発生した、踊る者の意志からは独立した踊りだ。女の肉体は自分を支える媒質を意識し、それに呼応し、それを捨て、それを創造し、それに反逆する。それがすなわち踊りである。女は踊りはじめてやっと踊っている自分に気づき、戸惑いつつ驚く。女はただ、自分の内面から滲み出てくる即興的な一歩を踏み出す勇気を出しただけなのに！　女はこんなふうに踊ったことは一度もないことを思い出す。自分の歩行が踊りになると考えたこともない。なぜ踊るのか？　おそらく女が一人であり、女が素足であるために。おそらく女が一人であり、女が素足であるために。一度女の体に乗った踊りはひとりでに踊られる。女はそのことに気づく。炎のように、波のように、ひとりでにゆらめく。だがゆらめくのは女の体ではなく女の内面の言葉だ。女は自分に解読できないその言葉が思いきり発話されるがままにさせておく。女は踊るのではなく、踊りの言語に自分を差し出した媒介物だ。だが女は止まらない。

女の踊りによって部屋の中には、聞こえない太鼓の音、聞こえない歌が満ちあふれて流れ出す。女は体でそれを聞く。彼女の動作は専門家のものでは全くなく、訓練された技巧もない。事実、美しいというよりは盲目的で拙く、無謀だが、彼女の足取りは肉体を自然から感情へと跳躍させるに充分だ。地面を踏みつつ地面を忘れる。足は地面から解放されていないが、地面を認識もせず地面と連結してもいない。女の一歩一歩は地面を記憶しない。素足は女の言葉だ。女の顔が紅潮し体が火照る。穏やかな天気で、しかも一月なのに、女の首筋には汗が流れる。女は片手で汗に濡れた髪を撫で上げながら、〈踊り―歩み〉を止めない。〈歩み―踊り〉から自分を撤収するつもりがない。チェック柄の布巾がテーブルから床に落ちたが、女は気づかない。古い床が盛んにきしむ。傾いた冬の光線が差し込む狭い室内は、たちまち女の熱い呼吸でいっぱいになる。女が発散した女自身の神秘によっていっぱいになる。女の内面の言語が肉体の外部で初めて活性化する。死んだように眠っていたものたちが期待感とともに闇の中で頭をもたげ、女を見つめる。まるで何かが起きるのを待って身を潜めている夕方の黒い犬のように。女の動きはますます大きく、ますます早くなる。女の腕の内側と胸が熱い。太鼓の音が絶頂に達し、女はジャンプするように空中に向かって身をひるがえす。精神の腱と筋肉がきりきりと緊張する。女の想像が跳躍する、星に触れようとするかのように。すべての踊りには少なくとも一度の跳躍がなくてはならないか？　すべての生も同様か？　自然から出発して、踊りへ。踊りへ。しかし跳躍のただ中で、女は突然踊りになることをやめる。太鼓の音が突然止まる。リズムが止まり感情が止まる。筋肉と精神がしぼんでいく。内面の言葉たちは死に、光彩が消える。犬たちもまた闇の鏡に戻っていく。墓が来る。女は崩れるように椅子に座り、手のひらで額の汗を拭く。激しい息づかいではあはあとあえぐ。女は急いでブラウスと下着を脱ぎ捨てる。そしてテーブルの上に両腕を長く伸ばしてがっくりと顔を埋《うず》める。汗に濡れた女の髪の毛がテーブルの上に広がり、垂れ落ちる。

女はその姿勢で呼吸を整えながら身じろぎもせずにいる。赤味を帯びた首筋から小さな汗のしずくがそっと流れ落ちる。本棚の時計の針がかさこそと虫のように規則的に動く。だが、流れる時を、それを誰が見たというのか。誰もそれを知らない。天井が、台所の角が、女の顔と素足が、何の意味もないドアの裏が、陰になって見えない。鏡と壁が日陰に少しずつ溶け込んでいく。光がそうするように陰がそれらを飲み込む。

しばらくして女は頭を上げる。汗が冷めてひんやり濡れた髪の毛が額と頬の上に無秩序に貼りついている。女はぞくぞくする寒気を感じながら窓を閉める。寝室に行き、引き出しから銀色のピンセットを取り出して戻ってくる。女はわずかに足を引きずっている。椅子に座って足の裏を注意深く観察した女は、ピンセットで足の裏に刺さった小さな棘を注意深く抜く。古い、歪んだ床の上で激しく動いたので棘が刺さったのだ。足の裏の棘を抜いた女は浴室に行き、お湯を出してシャワーを浴びる。泡立ちの悪い干からびた石鹸を長時間こすって全身に塗り、髪を洗う。タオルで体を包み、寝室に行く。窓の前の一人用ソファーに座り、長い時間をかけて髪をたたいて乾かす。そして足をそろえてベッドにじっと座っている。鳥肌が立つ。寒さを感じた女は布団で体を包む。

小さな窓から、海辺の高級住宅の塀の上に突き出した黒くて暗い庭木が見える。冬を知らない青黒い葉。死を知らない青黒い葉。そして、青ざめて白に近い空が見える。もしかしたらそれは正体不明の爆発が残した閃光の一部かもしれない。どこから来たのかわからない光がごく一瞬だけ、女の顔と体に落ちる。女は頭を上げて光を眺める。しかしすぐにまた陰がやってくる。女は激しい疲れを感じる。白い葉を落としながら枯れていく大きな百合の花をいけた花びんを想像する。白い塀の上に突き出した黒くて背の高い糸杉と、西洋松の木の後ろに広がる白い海を想像する。

女は突然、催眠にかかった人のようにぱっと立ち上がる。そしてベッドの下の旅行かばんを開け、黒い革表紙の大きなノートと鉛筆一本を取り出す。女はノートを持ってベッドに座る。ノートを開く。女の顔はとりつかれたように静かだ。すべての感情が水面下に沈んでしまった表情だ。厚い紙でできたノートには日記らしき文章が鉛筆やインクでかなりたくさん書かれているが、どこにも日づけはない。その上、順にページを埋めていったのではなく、そのつど即興的にノートを広げ、どのページでもいいから埋めていくという方法で書かれているので、古いものと比較的最近のものが無秩序に混じっている。だから、もしもこれらの文章が本当に日記だったとしても、そこに現れたものはページが進むほどますます曖昧になってしまう、順序立っていない生だ。ノートの紙はかなり色褪せ、文字はときどき読みとれないほどの走り書きで、鉛筆で書かれた箇所の一部はすでにこすれて読めないくらいかすれてしまっている。女は片手で頬づえをついてうつぶせになり、もう一方の手では日記帳の空いたページを開いて鉛筆で書きはじめる。内面に没頭している顔。そのようにして時間が流れる。時間。だが流れるものとは何か？　時間とは何か？　時間とは女自身だったのか？　だが女自身とは何か？　女自身を構成する順序立っていない成分？　女が感覚する女の生とは何か？　首を切られた紫色のアザミ、呼吸、ミイラ、赤く枯れた五葉松の林、呼吸、紙にこすれてぼやけた鉛筆の跡、呼吸、解読できない文字たち、呼吸、時間と遠近のなくなった記憶、呼吸、それは内面の言葉なのか？　ああ、ああ、女自身は何なのか、空しく回る言葉と語彙を通り越したそれは？

女は最後に書いた文章を再びくり返して声に出して読む。その文章が女の息を詰まらせるので、女はもう書きつづけることができない。女はノートを胸に抱く。そして背中を床につけた姿勢で天井に向かってまっすぐに寝る。女は激烈で目のくらむような疲れを感じる。

ふと思い出したように腕を伸ばしてラジオをつける。そしてノートを胸に抱えたまま、ラジオから流れてくるニュースを聞く。今日動物園で不思議な事件があった。一人の男がコヨーテの檻で死んでいるのが発見されたのだ。男は前日、動物園が閉園し、人がすべていなくなるまで動物園のどこかに隠れていて、夜になると垣根を這い上り、あまり深くない溝を飛び越えてコヨーテの檻に入ったらしい。コヨーテはかつて鹿の放牧地だった檻に住んでいたが、そこには低い灌木の林と自然池、谷と砂漠、岩と背の高い草が広がり、コヨーテの故郷である草原地帯とよく似ていた。かつて二十匹余りの鹿が住んでいたそこに、今は不思議なことに一匹のコヨーテだけが住んでいる。そのためコヨーテはほとんど目につかず、みんなそこを空の檻だと思って通り過ぎてしまうので、昼間もとても閑散としていた。実際、動物園でコヨーテはそれほど興味を持たれる動物ではなかったからだ。鹿がいなくなってしまった後、草はますます旺盛に丈高く育ち、そこに隠れたコヨーテはますます発見されづらくなった。朝早く太陽が昇るとき、黄緑色の霧が地上の低いところをすっかりおおいつくし、露を宿した草の葉は透明に輝いた。風が吹くと草は黄緑色と砂色が混ざった海のようにうねった。男は緑色の毛布一枚を身にまとっただけの裸体だったという。手にはくるみの木でできた長い杖を持っていたという。彼の遺体には損壊の跡があった。左耳がなくなっていたのだ。だが、それが主として死体を食べるコヨーテによるものか、それともカラスやネズミなど他の動物の仕業なのかははっきりしなかった。もしかしたら、男は別の理由ですでに耳にけがをしていたのかもしれない。コヨーテが男を殺したのか？　それとも男は勝手に死に、コヨーテはたまたまそこにいただけだろうか？　果たして彼らは出会ってはいたのだろうか？　だが、男の死体が発見された後、不思議な主張が提起された。男がそこに入ったのは昨日ではなくもっと前で、ひょっとしたら一週間とか十日以上前かもしれず、その間男とコヨーテは誰の目にもとまらずに同じ檻で暮らし、互いに距離を保ち、注意深く見守っていただけで、男はおそらく飢え死にしたか、または他の理由で死んだのだろうという主張だった。今まで誰もその事実を知らなかったのは、男が常に緑色の毛布を頭までかぶり、常に丈高い草の間にしゃがんでいて、またコヨーテの檻を注意してのぞき見る人もいなかったためだという。動物園においてコヨーテはそれほど興味を持たれる動物ではない。では、コヨーテは猫より危険だろうか？　それだけでなく、また別の不思議な事実があった。たとえ呼ぶ人はいなくとも、コヨーテには動物園でつけられた名前があり、檻の前の案内板にもその名前が書かれている。ところで驚いたことに死んだ男もまたコヨーテと全く同じ名前だというのだ。これらのすべてが本当に事実だろうか？　その男の望みが単に動物に殺されることだったとすれば、彼はなぜ熊やライオンやオオカミの檻ではなく、よりによってコヨーテの檻に行ったのか？

そしてニュースには当然、その船の話も出てくる。

船はもう一週間というもの海に浮かんでいる。誰も船に近づかない。海岸からかなり離れた海の上、強烈な日差しの中で船は一枚の白いうろこのようにきらりと光る。水平線に船が現れると同時に、海軍の軍艦はその船の周囲を回りはじめた。彼らは船を領海に誘導することはしたが、船が海岸に近づくことも上陸することもできないようにした。彼らは船に近づきもせず、何らの警告を発することもなく、遠く離れて船の周囲を回りながら監視しているだけだった。

船に乗っているのは結婚式を終えた新婚夫婦と招待客であることがわかっている。だが、公になっていない噂によれば、彼らは結婚式を偽装して集まった知られざる陰謀家集団であり、危険ではないが怪しい予言者たちだという。ある人々は彼らを、アナキストの領土を探し回っている過激なニヒリスト集団とも呼んでいた。新婚夫婦とその招待客たち、冒険家であり没落した夢想家である彼らはある日、すべての私有財産を処分して船を購入し、永遠に戻らない航海を夢見て出発したというのだ。彼らの目的地は、十八世紀に一人のオランダ人船員が書いた『遠く』という本で「黒い島」と描写されている無人島だった。現在、黒い島は南太平洋に位置するイギリス領の島であることが公式に知られているが、実際の黒い島は驚くべきことに最初の発見以後、どういうわけかまた忘れられてしまい、現在はどの地図にも表記されていないという主張もあるからだ。断崖絶壁に囲まれた黒い島は、周囲の波が高いため上陸しづらく、はるか昔に古代ポリネシア人が定住していたという歴史はあるものの、以後は長い間無人島のままであり、幸運な海賊たちや船上叛乱者の一時的逃避所としてたびたび利用されてきた場所である。船に乗って新婚旅行に行った者たちは、そのような「黒い島」が実在しており、今も誰の所有物でもなく、記録に残っていない自由な土地であると信じていた。そして驚くべきことに、南太平洋の真ん中で本当に、彼らの目の前に黒い石と砂でできた島が現れた。巨人のかまどを思わせる真っ黒な岩石の山脈が城壁のように島の周囲を取り囲み、その内側に黒く青い森がそびえていた。ある単一の岩石で形成された石と灰の火山島、海から垂直にぐっと突き上がった険しい絶壁は、平和な海辺の存在を許さなかった。島の唯一の湾は、海流の助けを借りるだけではなかなか近づけない方角の奥に隠れていた。すべてが『遠く』に描写されている通りだった。険しい断崖絶壁の奥に入ると、外部からいかなる妨害も受けずに自分たちだけの独自の世界を作ることができそうだった。現世とのいかなる契約も必要ない土地。そこの海には珍しくサンゴ礁の森が形成されていないので、彼らは運よく、満潮に乗って島の奥深くに入っていける川筋を発見した。上陸に成功した彼ら過激な隠遁者たちがなぜその島に定着せず、再び海に出ていったのかは明らかではないが、おそらく多国籍の海軍で構成された連合艦隊に追放されたのだろうという推測が有力だった。噂によれば、彼らが楽園を夢見て上陸したのは、南アフリカ共和国の秘密核実験の根拠地として強く疑われている無人島だったからである。その日以後、遠洋で漂流することになった彼らを受け入れる港はなかった。ある者は死に、ある者は狂った。ある者は海に身を投げ、ある者は神の啓示を受け、ある者は永遠の物語を語りはじめて決して止めなかった……。話が話を生み、噂が後を絶たなかった。船が海軍に引き渡されて領海に入ったとき、人々は海岸に集まった。そして遠い海のうろこの一片のように輝く船を眺めた。船はいまだに美しいだろうか。結婚式の蠟燭はいまだに美しいだろうか。逃避の夢はまだ有効なのか。誰も口を開かなかった。押し寄せる波が人々の足を濡らしたが、誰も気づかなかった。ただ船だけがあった。ただ噂だけがあった。誰も船については語らず、黙って恐れ、百合のように白く長い海岸を散策した。誰も船については語らず、百合のように白く長い現実を生きつづけるために死力を尽くした。現実は、コヨーテが食いちぎった夢の死体だった。だが、彼らが恐れているのは何だろうか？　コヨーテか被曝か、それとも深淵という媒質の上に横たわる遠い海そのものなのか？　それはまさか……踊りだろうか？　女はベッドに横たわり、胸にはノートをぎゅっと抱きしめたままラジオの音に耳を傾ける。ところで、これらのすべてが本当に事実だろうか？　黒い島に行ったという船は本当にあるのだろうか？　女は船のことを考えず、夢を見るように、船を考えることによって自分を乗せた船からだんだん遠ざかる。

　そうして女は胸にノートを抱えたまま、波に押し流されてきた鳥のように横たわっている。女は激烈な疲労を感じる。これほど疲れたことは一度もなかった。遠くを自動車が通りすぎ、近くの塀の上を猫が通り過ぎ、風が通り過ぎ、声が通り過ぎ、白い高級住宅の上に垂直の幕のように突き出して広がっている色濃い糸杉と西洋松の林が揺れる。白い雲が押し寄せてくる。短い午後は蒼白の空におおわれるだろう。遠い海は穏やかだろう。短い午後は蒼白の空におおわれるだろう。遠い海は穏やかだろう。女はニュースの最後に出てくる天気予報の文章を、その意味に気づいていないままにつぶやく。女は意味のわからないため息をつく。

　ラジオから歌が流れてくる。ムソルグスキーの「日の光もなく」。女はムソルグスキーを好む。音楽をよく知っているとか、優れた鑑賞者というわけではなかったが、それでも女がかすかにでも愛情を抱いた音楽ジャンルがあるとしたら、それは十九世紀ロシア音楽だ。女は布団の中で両膝を胸に引き寄せて抱えた姿勢で体を丸め、横向きに寝て音楽を聞く。遠い海は穏やかだ。まるで背後からコヨーテが近づくように、ある瞬間、女の胸はもう少し高鳴る。コヨーテには音も重さも、その上匂いもない。まるで何かを待つように、女は何かが起きてしまったのだろうという予感を抱いている。おそらく女は記憶するだろう。何の事件も身振りもなく、音も重さも、その上匂いもなく、誰にも知らされないまま、何らかの特別なことが起きたかもしれない、ある偉大な一日を記憶するだろう。

女は眠っているのだろうか。だが睡眠とは何なのか、それが仮想の死であるという事実以外に、私たちには眠りについてわかっていることがない。

ある人には限りなく長い、しかしある人には刹那にすぎない時間が流れる。そして、眠りとともに女は染み込むように消える。女が染み込んだ場所は最も遠い海、それは音でできた無だ。女のいない女の世界が流れる。女の体を何かがおおう。それは夢だ。女は夢を見るが、それは誰にも知られることがない。測定できない時間が流れ、女に聞こえない遠いところで、時計が午後四時を告げる。

にわかにラジオの電波が乱れ、しばらくの間、雑音とともにさまざまな局の声が不均一に混ざる。一度に押し寄せてきた切れ切れの声の波が退いた瞬間、突然、驚くほど鮮明に、まるで鋭い悲鳴のような一節が聞こえてくる。

「母さんが死んだ　私のはじまりのきざしが消えた！」

その瞬間、女は目が覚めるよりも先にばっと体を起こす。女の体の上でぼんやりと揺れていた最後の光の丘陵がいっせいに引き裂かれて粉々になる。女は自分がなぜ目覚めたのかわからない。自分がどこにいるのかもすぐにはわからない。すべてに覚えがない。光、風、匂いと空気、ベッドと布団の感触、今この瞬間に頭の中に浮かぶ奇妙な言語に覚えがない。女は腕を伸ばして自分自身に触れてみる。髪の毛と目、爪と足の裏、肘を触ってみる。それは眠っている間に起きた、何らかのとてつもない災難を確認しようとする身振りだ。自分がまだ眠る前の自分のままだということに気づいた女は、安堵と同時に失望を感じる。できることなら女は悲鳴を上げたり涙を流したりしたい。自分自身の眠りが呼び覚ました未知の災厄の中にとどまりたい。

女は不安な顔で雑音が流れるラジオのダイヤルを合わせる。すると再びラジオの音は鮮明になる。依然としてムソルグスキー。依然として「日の光もなく」。だが、女の表情は前とは少し違って冷静だ。記憶の黴《かび》を漂白してしまったように冷淡だ。引き出しから新しい下着を取り出し、古いデザインの綿のブラウスを出してスカートと合わせて着る。膝上までの赤い毛糸の靴下をはく。ベッドカバーをまたきちんと伸ばし、髪の毛をうなじで束ねる。そして台所に行き、野菜の下ごしらえを始める。ほうれん草とフェンネルの下処理をし、玉ねぎの皮をむく。トマトを洗い、レモンをブラシでこすって洗う。ケールの葉を一定の大きさにちぎる。野菜を洗って下ごしらえするのには時間がかかる。集中のあまり女は無意識のうちに額にしわを寄せる。ワイルドライスを洗い、水とともに鍋に入れて火にかける。それから大きなボウルにアンズタケを入れ、土と草が完全に取れるまで冷水で何度も洗う。小鍋にオリーブオイルを熱し、細かく刻んだ玉ねぎを炒める。玉ねぎに火が通ったら水を注ぎ、レンズ豆とフェンネルを入れる。スープが沸いてきたらひよこ豆の缶詰めを開けて入れる。にんにく二かけをむいてガーリックプレスでつぶすと、にんにくの強い香りが立つ。女はこの行為を好む。ガーリックプレスに入った二かけのにんにくは、手首に力を入れるとガーリックプレスの中で一瞬にしてつぶれ、汁が少し外に飛び散り、繊維質が取り除かれた白くて柔かいにんにくの身がガーリックプレスの外に出てくる。大切な液体をたっぷり含んだ植物の血管が女の手の中で破裂し噴出する、この官能の瞬間。にんにくと玉ねぎとコショウ、クミンシード少々、チキンスープの粉末をスープに入れる。最後にほうれん草を入れて塩と若干の砂糖で味を調える。しっとりして香り高いほうれん草とフェンネルのスープができる。女は満足そうな顔で鍋にふたをする。

スープを作っている間にワイルドライスが煮えた。熱い米をガラスのサラダボウルに入れて冷やす。りんごとトマトを細かく刻む。きゅうりを細かく刻む。アボカドを半分に切って種を取った後、柔らかい果肉を注意深く切る。玉ねぎを細かく刻み、ラディッシュと赤パプリカも適当に切っておく。十分な量のペパーミントの葉とパセリ、コリアンダーを小さくちぎる。ワイルドライスの入ったサラダボウルに下ごしらえした野菜とケールを入れ、塩コショウした後、レモンを半分に切って汁を搾り入れる。酢とオリーブオイルをたっぷりかける。そしてしゃもじでまんべんなく混ぜる。ライスサラダができ上がったようだ。しかし女はふと思い出したように食器棚から小さな擂り鉢を取り出し、クルミとアーモンドを入れて擂る。あまり細かくなりすぎないよう、粗い粒が見える程度に気をつけて擂った後、ライスサラダに入れる。しばらくよく考えた後、同様に擂り鉢で擂りつぶしたショウガ少々、そして最後に蜂蜜の代わりにドライクランベリーを少し加える。

フライパンを火にかける。にんにく一かけを薄くスライスする。タイ産の唐辛子一個を細かく刻む。また玉ねぎを細かく刻む。バターを一かけナイフで切り取り、熱したフライパンに入れ、にんにくと唐辛子と玉ねぎを入れて炒める。バターはすぐに溶ける。煙が立ち上ると、女は急いで換気扇をつけて火を弱める。フライパンにバターをもう一かけ入れてアンズタケを炒める。ざるで水気を切ってあるが、キノコから染み出した水分がすぐにフライパンに溜まる。ボウルに卵を二個割り入れ、泡立て器で混ぜる。一方方向へ、速度を一定に保ちながら、黄身と白身が均一に混ざるように、かたまりが少しも残らないように、最初から黄身でもなければ白身でもなかったかのように。

「母さんが死んだ　私のはじまりのきざしが消えた！」

女は不意に頭を上げる。疑いと不安の視線を、歌が流れてくる方へ向ける。寝室のラジオからは依然としてムソルグスキーが流れてくる。女の顔が台所の壁の鏡にしばらく映って消える。何か言おうとするように女の唇がわずかに動いて止まる。手にした泡立て器から卵がぽたぽた落ちて女の素足と床を汚す。料理をしている間、新しく着替えたブラウスには水滴が飛び散った。隣の家のどこかで誰かがシャワーを浴びているのか、壁の中のパイプを激しく流れる水の音が聞こえる。フライパンで熱されたアンズタケからは水分が猛烈に蒸発している。室内の空気が湿ってくる。女は首筋をそっと撫で上げる。女の顔を絶望的なイメージがよぎる。女は急いでアンズタケが炒め上がったフライパンに溶き卵を注ぐ。フライパンで熱されたバターとにんにくの香り。女はそれを好む。弛緩した表情がその事実を漏らす。女は卵とアンズタケがまんべんなく混ざるように気をつけてかき回す。

料理ができ上がると、テーブルにほうれん草のスープとライスサラダ、そしてアンズタケのソテーを並べる。薄切りのキュウリとレモン、ミントの葉を浮かべた水入れもコップと一緒に持っていく。食事の準備が終わった。女は台所を片づけて手を洗った後、チェック柄の布巾で手を拭き、スカートをさっと整えてテーブルにつく。

お客はすでに到着している。

彼らはスープをすくって飲む。お客について話すのを忘れたようだが、実はお客はとても静かで、女が質問しないと口を開かないほど寡黙な質《たち》だ。だから女はしばしば、お客がそこにいるという事実を忘れてしまう。そして女は疲れているのと同じくらい空腹だった。この二日間ほとんど寝ることもできないまま、いくつかの国といくつかの空港を経由する長い旅をして、今日一日で食べたものといえばこの家に帰ってきて飲んだコーヒーだけだったから。実際、女はサラダボウルに盛られたライスサラダを今すぐにでも手ですくって食べられるほどおなかがすいていた。赤みを帯びたアンズタケが、温かいバターの匂いを漂わせながら彼らの目の前に置かれている。だが、空腹にもかかわらず女はスープをゆっくりすくって飲む。女は熱いスープをふうふう吹きながら、レンズ豆とひよこ豆、ほうれん草まですべてきれいに食べる。お客もスープをすくって飲んでいる。おそらくスープが美味しいという賞賛をこめた身振りをしたかもしれない。もしかしたら、それより前に女は思ったことだろう。これほど長い歳月が流れた後でも私たちがお互いを一目で見分けることができ、親しく感じるとは、しかも形式的な挨拶一言交わす必要がないとは、何と幸せで神秘的なことかと。

スープ皿を空にした後、女はライスサラダを一つかみ手で取る。オリーブオイルにまみれた温かい米粒とつるつるのアボカドのかけらが指の間からはみ出してテーブルに落ちるが、女は意に介さない。お客はあまり驚かず女を見守っている。香り高く、甘く、ちょっと酸っぱく、ほろ苦い味。しっかりした香りを放つオリーブオイルと皮の固いワイルドライスの味。女はライスサラダを手でつまんで食べつづける。お客も手でライスサラダを少しつまんで指先で軽く丸め、上手に口に運ぶ。お客は手で食べることに女より慣れているように見えるが、それは事実とは違い、単に女よりもずっと慎重だというだけのことだ。女についていえば、慣れているというより、このようにして食べる行為を非常に楽しんでいるというのに近い。

お客と同じく、女もアンズタケのソテーを指でつまんで食べる。オリーブオイルとバターで手は油まみれになるが、二人とも意に介さない。チェック柄の布巾が食卓に置いてあり、彼らは必要なときにそれで手を拭く。そして向かい合って微笑を交わす。食べものが与えてくれる快感と満足が血のように彼らの二つの肉体を貫いて流れる。女は指を舐めながら食事を続ける。女の顔に赤みがさし、紅潮は広がっていく。ある程度空腹が収まると女は皿を押しやり、チェック柄の布巾で指と唇を拭く。食事の招待は成功だ。料理には失敗がなく、お客は時間通りに到着した。お客は女が教えてやった通りに鍵を探し当てた。彼は音を立てずにドアを開けて中に入り、料理に忙しい女を邪魔せず、音楽を聴きながら食事が完成するのを待った。彼らは寡黙であり、腹いっぱい食べた。さらに形式的な挨拶を一言も口にせず、いかなる会話を交わす必要もなかった。何と驚くべき神秘的なことだろうか。女は思わず手で左耳を触る。いや、それは女ではなくお客の手だっただろうか。

年を取るにつれ、かつて起きた驚くようなことや、若かった自分にある種のショックを与えたことについてしょっちゅう考えるようになっていくが、実は今日も一日じゅうそうしたことを考えており、そして自分はそれを書くことに決めたと、女は突然、告白する。

「実は、私はそのために遠くからここまで来たようなのです」

そしてお客が要請するより前に女は寝室からノートを持ってきて、自分が書いた文を読みはじめる。初めはゆっくりと、ためらいながら。しかしすぐに女は読むことに没頭し、お客の存在をほとんど忘れる。いや、誰かに文章を読んでやっている自分を忘れ、ひたすら内面の言葉へ、内面に浸った顔へと回帰してしまう。

「……私は今、見知らぬ、驚くべきことについて考える。ほとんど神秘に近いことども、だから今私が書くしかないそれらのことどもについて考える。唯一のこと、眩しいこと、圧倒されること、具体的に説明はできないが非凡だと感じること、魅惑されること、長い間記憶に残っていたり、もしくはある日突然、自分のときが来たら突然長い忘却を打ち破って飛び出すであろうこと、意味のあること、あるいは何の意味も見出せないままにあらゆる意味を追い出してしまうこと、意味と矛盾する新しい意味を作ること、ただ予感によってのみ成しとげられること。そのことが今の自分自身とどんな脈絡を成しているのかは絶対にわからないだろうが、私自身の存在が、それが存在するためのいかなる脈絡だったのかを、今このときはっきりと直観すること。それは失われた時間だ。失われた時間を持つことは人生で最も驚くべき、神秘的な事件に属する。

そのようなことがあった。見たこともない、驚くべきことが。信じがたいことが。凡庸でないことが。ほとんど神秘に近いことが。そういうことがあった。そのようなことが生涯にわたって輝く月光のように私の上を白く通過した。私が気づかないうちに、私を貫通して通り過ぎた。そのことは私に起こり、同時にそのことは私に対して猶予された。私はそれを知らないが、それがあったことを知っており、それはもう起きたことなのに、それが近づいてくるという予感が常にある。ひとえに私は知らずして知る。それを忘却としてのみ記憶する。そしてずっと後になって、信じがたいほど遅れて効力を現わす睡眠薬のように、それが突然私の上に浮上するときがある。猶予された効力がいつ現れるのか、私には決してわからない。冷蔵庫のドアを開けるとき、道を歩くとき、本を読むとき、玉ねぎを刻むとき、さらには眠っている最中にもそれが意識の表面を引き裂いて浮上する。そういうことがあった！　私はそれを知らずして知る！　まるである日ふと見たある事物を、ある対象を、ある感じや、物語を、自分では理由のわからぬままじっと注視するようになり、それと関係を結ぶことを切に望み、ついにはそれが世界の中のどんな井戸でもない、まさに自分自身という井戸から湧き出てきたことを心から懐かしみ、想像し、信じ、ついにそれを知るに至るように。

　そういうことがあった。私たちは四人の子供で、父も母も二人とも終日働かなくてはならない他の子たちと同様、いかなる制約も干渉も受けずに夜遅くまで路地をうろうろし、思いきり歌を歌い、踊りながら遊んだ。そうだ、私たちのあらゆる行為は踊りだった。私たちのすべての動作は聴覚を超えた音楽に支配されていた。超感覚的な拍子に従っていた。私たちは蜂や蛾のように、脳のはるかかなたで発生した異様な波長に支配されていた。誰も私たちの踊りや身振りがどこから来るのか知らなかった。私たちはボール紙にクレヨンを塗った仮面をかぶり、親のたんすから持ち出した服とアクセサリーと帽子をごてごてと身にまとい、ヒールの高い母親の靴をはき、盗んだ小銭で買った風船を吹いてふくらませ、ゴミ箱で見つけた穴のあいたストッキングをはき、あるいは泥だらけの素足で、灰や汚物が散らばった空き地を行き、汚い油が溜まった水たまりを飛び越え、犬や人の糞尿が放置された路地を通り、内臓や骨が散乱する食堂の裏路地、熱かったり冷たかったりするアスファルトの道を、角がすり減ってしまった急な階段から階段へと、アザミの間にゴミが転がっている丘から丘へと、空き家の壊れた垣根から垣根へと駆け回り、ドアからドアへと呼び鈴を押して回り、暗くなって人々が寝床に入る時間まで、のども張り裂けよと大声で歌を歌い、騒がしく踊った。私たちの体は一日じゅう火照っており、そして夜遅くまで狂乱は続いた。人々はうんざりして、まるでネズミを追い払うようにあらゆる場所から私たちを追い出した。そして私たちはどこかで疲れて倒れ、その場でそのまま眠りについたが、私たちの夢はとりわけ生き生きしているが陰気で、いつも同じ風景だった。深夜、不思議なことに私たちは親の家の寝室におり、そこのぼんやりとした電気の下には、座ってお互いを責めて争う両親の影が見えた。金やその他の多くのことで憤怒し、絶望しながら。彼らはいつも私たちに背を向けた姿勢で、ただの一度も振り向いて私たちを見つめなかった。だが、太陽が昇ると彼らの心配は彼らとともに仕事場に行ってしまい、じめじめした夢は消え、片づいていない乱雑な朝の食卓と空っぽの家が残り、浮かれ騒いでは悲鳴を上げる私たちの一日が始まった。毎朝私たちは、父も母も二人とも職場に行ってしまって不在になるお互いの家を順に回っては、洋服だんすやドレッサーを全部開け、ロングスカートや下着やレースの靴下、スカーフやブラジャーを手当たりしだいに取り出し、身につけ、通学かばんに押し込み、パウダーボックスを逆さにし、クリームのケースを指でかき混ぜ、口紅をこね回し、つけまつ毛を全部引っ張り出してまぶたに貼りつけ、ネイルエナメルを床にこぼし、目に見えるすべての雑誌と本とカーテンを破いてしまってからやっと、持ち出した服の裾をずるずる引きずって学校に行った。あるとき、ある家のゴミ箱の上にぽつんと置かれていたバレエの衣装を発見した私たちは、それを自分のものにしたくて引っ張り合って争い、ついに最後の勝者になった子が、スパンコールが全部取れ、ごわごわのチュールがすっかりぼろぼろになったバレエの衣装を古いズボンに重ね着して意気揚々と学校に行った。学校には、私たちが特別に好きだった一人の教師がいた。彼は若く、いつも左右が揃っていない赤い靴下をはいたり、染みのついたシャツを着て歩くことで自分の若さと自由さを誇示していた。失敗した劇作家だった彼は、貧しい子供たちがひしめく下町の学校に演劇部を作りたがっていた。そして、いつかは自分の脚本と演出で舞台をやるのが夢だと生徒たちの前で話すのだった。『お前たちはいつか私の脚本で演劇をやることになる、そうでなければならない、それが私のクラスに入ってきたお前たちの運命でもあるんだ!』だが、彼の演劇は永遠に実現されなかった。理由はいくつかあるだろうが、まずは彼が、いつも大声を出すだけで実際には全く能力のないエセ芸術家志望者にすぎず、当然、脚本などたったの一ページも書けなかったからだ。また学校側も、新米教師である彼の演劇部立ち上げを援助するつもりはなかった。学校は沈滞しており、充分な資金もなく、保護者たちはなおさらそうだった。その上、小学校に入学して間もない彼の生徒の中に、彼が話題にする演劇や脚本とは何なのか、正確に理解している子もいなかった。私たち四人は学校に行くことは行っていたが、文章の読み書きも、計算も、時計を読むこともできなかった。私たちの親は子供らの成績や宿題に関心を向ける余裕がなかった。私が書き方の勉強を始めたのはそれから何年も経ってからのことだ。私たち四人はテレビも見なかった。テレビがなかったからだ。時は流れた。だが、時はいつも前に流れるだけなのか？今、この文を書いている瞬間、私をとりこにしている思いがある、私たちが生きている始まりもなく終わりもないこの時間の中で起きたすべてのことは、起きるすべてのことは、すべての者の過去と未来は、すべての者の記憶と忘却は、永遠に反射する無数の鏡の中の絵が結局一つでしかないように、それはある意味、同時に起きた一つの事件なのだ。であるならそれは、時は古典的に流れず、ひたすら自らの存在と意味を増幅するという意味だろうか。もしかしたらそれはいつか本で読んだが最後まで私が理解できずに終わった単語、超越であるとか無限大といったもの、永遠の容積を持つ銀河たちが無限大に反復される宇宙の実体だろうか？　私はしばしば想像するのだが、それは、私たちを存在させている普遍存在とはただ一つ、ある唯一にして巨大な感情であって、私たちという物質的な個人は抽象的な時間とともにその感情の原子系を構築するだけだという思いだ。

ある日、私たち四人はいつもと変わらず教室で大騒ぎし、おとなしい他の子たちを邪魔し、そんな中で私たちのうちの一人の子が突然、何らかの霊感にとらわれたのか、それまで一度もやったことのない、授業中にいきなり椅子に上って踊るという行為に出たため教師の怒りを煽るという事態が起きた。たぶんそれは、ぼろぼろになったバレエの衣装を意気揚々と着込んでいたあの子だっただろうか？　そのときちょうど、何のせいでかすっかり腹を立てていた教師は、前後の見境もなくその子の頬を容赦なく張り倒した。するとその子は後ろにばたんと倒れ、全身と頭を椅子と机に強くぶつけたため、すさまじく大きな音がし、子供は気絶したように倒れ、目を閉じてしばらく身動きもしなかった。教室は一瞬凍りついたように静まり返り、皆が、もしやあの子は死んだのではと怯えた。中でもいちばん怯えたのはもちろん教師自身だった。失敗に気づいた彼はあわてたあまり、倒れた子を揺すって起こすことすら思いつかなかったが、驚いたことにしばらくして子供は目をぱっと開き、しかも鼻血一滴垂らすこともなく、その上自分で立ち上がりさえしたのだった。そして特に説明を要求されることもなかったし、あえて弁解が必要でもない状況だったが、突然沸き上がったある熱病のような感情に包まれ、ほとんど恍惚とした表情で、自分は今、劇の練習をしているんだと大声で言った。

劇の中に踊るシーンがあるので、自分はやむをえず踊らなくてはならなかった、そして自分だけではなく、授業中ではあるけれど、私たち四人全員が今こっそり劇の練習をしているところだと。すると、半ば魂が抜けたような状態からまだ立ち直っていなかった教師が呆けた表情でどんな劇かと尋ね、子供は突然頭に浮かんだ通り、ネズミに関する劇だと言った。『ネズミか。誰がネズミなの？』まだぼんやりとした顔で教師が尋ねた。

『先生っていつもいつもほんとにバカみたい！』子供は堂々と叫んだ。『ネズミはネコイラズを飲んで全部死んじゃうにきまってるじゃないですか！』

するると教師は自分は本当にバカみたいだと思い、何かに取りつかれたような気分で機械的に唇を動かして尋ねた。

『では、ネズミの他に登場する主人公は誰？』

踊る女だと子供が答えた。踊る女と踊る女と踊る女、そしておしまいにまた踊る女。なぜなら、私たち少女は四人だったから。

それなら、お前たちが練習したことをクラスのみんなの前で上演できるかと教師が再び尋ねた。

すると、頬をたたかれた子がもちろんできると答えた。

『おお、そりゃ面白そうだ』。教師が、まるで助かったとでも言いたげに安堵のため息をついて感嘆した。蠟燭の蠟のように青ざめていた彼の顔色に、少し血色が戻ってきた。

『では今すぐ始めよう、それを授業の代わりにしよう』。教師は安堵と興奮、得体の知れない不安と焦りに包まれ、それを隠すために過剰にあわててそう言った。

頬をたたかれた子は通学かばんから母親のシルクのストール、きらきらのスパンコールがついた母親のだぶだぶのロングペチコート、自分にはまるで大きすぎる母親の白いハイヒールを取り出した。その子の通学かばんはいつもその類のものでいっぱいで、教科書や筆箱が入っていたことは一度もなかった。その子は授業中、教科書ではなくそれらを広げて遊んでいた。最後に取り出した模造真珠のネックレスを首にかけたその子は、残りの三人も全員教室の前に呼んだ。当然ながら、私たちが演劇の練習中だというのはその子のでたらめな想像にすぎず、私たちは本当に演劇をやったことも、演劇の公演を見た経験もなく、実は演劇が何であるのかも正確に知らなかった。ただ教師が、私たちが入学した初日から一日も欠かさず授業中に演劇の話をしていたので、演劇がおそらく重要なものであること、心臓をわしづかみにするようなものであること、すべてを可能にするものであり、どんなときでも『劇』という言葉を持ち出すことで雰囲気を反転させることができると推察するのみだった。すべてはあまりにも早く進んだ。何が起こっているのか気づくより先に、私たちはもう演劇の中にいた。その子がいきなり椅子に上り、古い木の椅子が危っかしく揺れるのも意に介さず、桃色の素足で、手足を振りながら踊りはじめたその瞬間から、演劇はもう私たちの意志や同意なしに始まっていたからだ。その子は教室の隅に立ててあった教師の古い傘を女王の笏《しゃく》のように持ち上げた。私たちの中の一人がその子の頭に画用紙で作った王冠をかぶせた。私たちは演劇の内容について何も知らなかったので、なぜそこに王冠がなければならないのかわからなかったが、ただそうした。いつものように、私たちのすべての行為はひとりでに誕生する踊りだった。まさにそうしたやり方で私たちはそこにいた。一瞬一瞬、ただひたすらに、おぞましい幼年期を、別の感情を具現するために。

すべてがみじんの羞恥もなく、苦痛もなく、みじんのためらいもなく進行した。私たちは踊り、歌い、想像上の空き家を探し回ってドアを叩き、何について話していいのかわからない状態で会話した。私たちは当然のことのようにそれをした。なぜならそのとき私たちは自分たちの考えの及ぶ範囲で、あらゆる種類のドラマや演劇を、即席で適当に作り上げた会話を互いにやりとりしながらしゃべりつづける遊びと理解していたためだ。作りものの会話のやりとり、それは私たちが実際に毎晩やっている遊びの一部でもあったから、誰も難しいと感じなかった。私たちはそれに慣れていた。ネズミ役の子はいなかったが、私たちはそれを演劇的な自然さと考えていた。実際、ネズミはどこにでもいた。穴の中に、地中に、台所に、下水口に、食器棚の中に、川のほとりに、蛇の腹の中に、毒薬を売る薬局の広告コピーの中に、役所の衛生関連のポスターの中に。そしてまたネズミは、あれやこれやしているうちにある日突然運命的に、いっぺんに死ぬものだった。私たちはそれに慣れていった。私たちは即席に考え出した会話を通して、徐々に即興劇の中へ入っていった。劇をやっているうちに初めて気づいたが、私たち四人の少女は背丈や容貌だけでなく、髪の毛の長さや服装、その上言葉遣いや声までも酷似しており、まるで私と、私とは別の複数の私たちとが鏡とガラス窓を間に置いて会話しているような感じであり、一人が台詞を忘れでもしたら（だが実際には台詞は全く決められておらず、従って何を言ってもよく、何を言っても失敗でも勘違いでもなく、忘れることも覚えておくことも不可能だった）、そのために少しでも言葉をためらっていたらすぐに他の子がその役を引き受けて台詞を言うという具合で、劇の間じゅうずっと私たちは台詞だけでなく役も交換し合っていたため、やがて自分はもともと誰だったのかどの役だったのかわからなくなったり、それがあまり重要なことではなくなったりした。その上、私たち四人の役は一様に四人の踊る女だったから、最初に机に上って踊った子は、すぐに踊る女から他の踊る女になったと思ったら、再び机の上で踊る女へ、泣いて踊る女から歌い踊る女へ、そして桃色に輝く素足を持った想像の中の踊る女へと変化したのだが、その変化のスピードが早すぎてどっちへ行くか見当もつかず、今、自分の言葉が誰の口から出てくる台詞なのか自分でもわからず、そうしてただ言葉だけが劇を導いていけるよう、自分の声をひたすら言葉へと引き渡した状態へ、言葉による物語に自分の（事実上区別できない）可変的な役割を任せることをひとりでに身につけていった。

始まりはこうだった。『都市にネズミが増えすぎた！　ネズミが子供らを取って食いはじめた！』これが四人の子のうち誰の口から出てきた台詞なのかは正確にはわからず、また重要でもなかった。ただ言葉があり、言葉が言葉を産んだのであり、絶えずお互いに役割を取り替えつづける言葉たちがあっただけだ。かくして言葉は言葉の家を建て、かくして私たちの目の前にはネズミであふれ返る都市が出現した。その都市には踊る乞食女がいた。彼女は遠い国から来て、言葉を話すことができなかったため、ひたすら踊りだけで自分を表現した。見た目は醜く、みすぼらしかったが、彼女の踊りだけは美しかった。そんな踊る女がいた！　だが、彼女が踊りを踊るたびにネズミたちが海に行って死んだ！（だが私たちは誰も実際に海を見たことがなかった。演劇が進行している間ずっと、私たちは常に踊っていた。踊りは終わらなかった。私たちは踊りながら海へ行った。海は私たちにとって踊る水だった）。踊る女が踊りを踊るたび、想像のネズミたちは女の後を追って踊りながら海へ行った。海に行ったネズミたちは帰ってこなかった。乞食女はネズミを退治した見返りとして女王の座についた（踊る女は絶えず踊りつづけた。海は私たちにとって踊る水だった）。美しい服と宝石を身につけた彼女はもはやみじめな乞食ではなかった。

ネズミたちは消え、もう姿を見せなかった。だが問題が起きた。踊る女が踊りを止められなかったためだ！（私たちはもう彼女が誰なのかわからず、最後にはあえて区別する必要さえ感じられず、私たちはみんな常に踊る女であり、海は踊る水であり、踊る女は休む間もなく踊っていた）。もうネズミは一匹も残っていなかったのに女の踊りは続けられた。するとこんどは子供たちが踊りながら海へ行きだした。

その演劇が最初から最後まで即興的な台詞による遊びだったという事実に、私たち四人の少女以外は誰も気づいていなかった。教師や他の子たちは口をぽかんと開けたまま我を忘れて私たちの劇を見守った。私たち自身も自分で作る台詞遊びに陶酔して、これが即興劇だという事実を忘れてしまうほどだった。おそらく、私たちはどこかで『ハーメルンの笛吹男』の物語を聞いていたに違いないと思うが、私たちにはその真似をしているという意識は全然なかった。ついにネズミはいなくなり、桃色の素足を持った女王は踊りを止めることができず、子供らは海へ行き、学校が空っぽになり、家々が空っぽになり、都市は死んだネズミのように静かだ。だが、海に行った子供らはみんな死んだのだろうか？　四人の少女たちはぽつんと残った。四方が静かだ。私たちが演劇に熱中している間、教室が空っぽに、学校が空っぽに、運動場が死んだネズミのように静かになった。演劇を見守っていた八十人の子供らはみんなどこへ行ったのか？　彼らは本当に踊りながら海へ行ったのだろうか？　それは歓喜の予感だった。なぜなら子供ら全員が私たちの演劇の中に入ってきて、それは、演劇とはすなわち現実だという暗示でもあったから。私たちの踊りと歌が現実を私たちの世界に引きずり込んだ。私たちは生を発明した。喜びに浮かれ得意になって、私たちは空っぽの教室を練り歩き、さらに凶暴に踊りを踊る。机と机を飛び越え、椅子を倒し、最後は手をつないでぐるぐる回りながら植木鉢を蹴って割り、チョークを投げ、黒板に落書きし、教卓を横倒しにする。そんな中で私たちは、子供らが全員消えた空っぽの教室の片隅の、清掃用のバケツと雑巾が入ったロッカーの中に、青ざめて恐怖に震えながら隠れている教師を発見することになる。私たちは他の子供らと同じように教師をもこの演劇に、私たちが発明した現実に引きずり込もうとする。いっせいに飛びついて彼のズボンとベルトと靴と靴下を引っ張る。海に行きましょう！　海に行きましょう！　だが彼は悲鳴を上げて腕を振り回し、必死に拒否する。彼の顔色は病んだ肝臓のように黒ずみ、額には滝のような冷や汗が流れるのが見える。

乞食の女王は踊りつづけ、踊る女は歌い、踊る女は泣く。踊り、歌、泣き声、恐怖までもが、すべてが歓喜とともに狂ったように上昇する。誰の声だろうか？　誰の生だろうか？　誰の素足だろうか？　怖がる者は誰か？　寒さでひび割れ、角質のように乾燥した爪が刺さった、洗っていない桃色の小さな肉のかたまりが、教師を囲んでぐるぐる回りながら踊りつづける。いよいよ死体のように変わっていく教師を取り囲み、のどが裂けるほど歌いつづける。私は一人ぼっちの女王。でも私は止まりたくない。ネズミよ、ネズミよ、私の足を切って。ネズミよ、ネズミよ、私を愛して。ネズミよ、ネズミよ、私の首を切って。

例えばそれが、私に起きたあるできごとだった。それはある存在をより偉大なものに、より非凡なものにする事件だった。そういうことがあった。そのことが私の時間の上を通り過ぎた。そのことが私の皮膚を作り、私の網膜を満たし、私の生として、声として成長した。私はそのことの成果だ。いや、私はただそのことを完成させるために今ここにいるのだ。ずっと以前の私をめぐるある事件が形成され、私はそれを皮膚に刻印し、それを忘却し、それを無意識の中に大切にしまっておき、ある日それを思い出し、それに意味がないことを認識し、それが私の存在と何の脈絡も成さないことを認識し、にもかかわらずそれを愛し、自分の中のそれを探してさまよい、そのことからかすかに遠ざかり、ますます遠ざかって反対側の想像の海岸へと押し出され、そしてある日、誰だかわからない人からの電話を受けると、電話をかけてきた人はそのことについて語るのだが私はそれを知らないと言うだけで、しかしおそらく誤ってかかってきたその電話が私の感覚にそれをいっそう深く内在させ、以後、私はそれが何なのか知らないのにすべての経験を通してそれを感じ、それを知らないままでありながらそれを知っており、それを知らないままでそれに会い、それを生き、それに向かって進み、ついに私はそれになり、それは私を、

　ところで実は、この幼いころの小さな事件の中には静かだが驚愕に値する秘密がある。私がその日即興劇に迷わず出た少女四人のうちの一人であり、まだ文を読むことも書くこともできず、脚本のない演劇に飛び込んだ無謀で即興的な少女の一人だったことは確かだが、実際に私があの四人の中で正確に誰だったのかは全く思い出せない。私の姉妹たちであり、メドゥサの他の頭だった懐かしい少女たち、あの少女たちは今みんな、どこにいるのだろう？　彼らはそれぞれ違う方向へ行ってしまったのではなく、ある日忽然と消えたわけでもない。彼らは踊りが止まるときと同じように、停止しているだけだ。踊りが止まるように停止したまま、彼らはそのままぶら下がっている。そして私たちの即興劇の中で、興奮して、自分でも気づかないうちにひとりでに消えた八十人の桃色の子供ら、私は彼らを覚えていない。彼らはみんな海に行ったのだろうか？　彼らは誰だったのか？　歳月が流れながら次第に強くなっていく感覚があるのだが、もしかしたら私はまさにその彼らの全員だったかもしれず、私は一人で一人芝居を上演し、私でありながら私ではないあるものと対話していた。私は四人の少女でありながら、同時に四人の少女を見つめる八十人のクラス全員である私を感じる。目を閉じればそこに踊る私がいる。目を閉じればそこに、

踊る私を見つめる私がいる。私は眺められる対象でありつつ、眺める瞳だった。私は腹話術師の四人の女弟子でありつつ、腹話術師自身だった。そして同時に彼ら全員の声だった。私は私の知らない感情を模倣した踊り、その踊りから生まれた。一生の間私は海のように上昇し、水滴のように広がることを反復する。ただ笑いを含んだ一つの泡となって消えていくために。私はかばんから母親のシルクのストール、きらきらのスパンコールがついた母親のだぶだぶのロングドレス、自分にはまるで大きすぎる母親の白い靴を取り出し、私はクレヨンで唇を塗る。その演劇は、私が一人でせりふをやりとりし、私一人の踊りで舞台を埋める、観客のいない一人芝居だった。私は記憶していないが知っている、その日、私の中で何かが燃えはじめ、私はそれを鮮明に感じ、そしてとうとう椅子の上に上って踊るしかなくなったことを。赤くて黒くて不鮮明な顔の輪郭を持った教師が私にぼんやりと近づいてくる、汚いシャツから漂う汗の匂い、左右が揃っていない赤い毛糸の靴下、彼が私の頬を張り倒し、それがまるで致命的な踊りであるかのように、のろい動作でずっと反復される……」

かなり長い時が流れたようだ。女は読むのを止める。それは情熱に満ちた俳優がエネルギーのすべてを振り絞った長い長い朗読のように聞こえ、読むのを中断した女は急に力が抜けたようでとても疲れて見える。女はため息をつきながら顔を上げる。

彼らの視線は並んで窓の外の遠い海に向かう。その瞬間、彼らは同じものを想像する。風が吹く。海の匂いと砂を乗せて、風が吹く。糸杉が揺れる。女は裾をはためかせて歩いていく自分の後ろ姿を見る。とても遠い海に、船が浮かんでいる。女は視力が良い方だが、目を細めてしばらく注視してやっと、それは船なのだろうと推測するのみだ。だがそれは船だろうか？　水平線はぼやけ、はっきりしない閃光の境界面だ。水平線は実は、存在しない終わりだ。それは船だろうか？　噂とは異なり、船の周囲を回っている海軍の軍艦は見当たらない。砂山の周りでは何人かの人が平和に散歩しているところだ。凧揚げをする人、犬を散歩させる人、何もせず髪の毛と服の裾をなびかせている人、じっと立って遠い海を一心に凝視する人の後ろ姿がある。遠くの海は静かであるだろうという予感が、彼ら全員の唇と額を濡らす。

女は長い柄のついた小鍋にコーヒーの粉をたっぷり入れて水を注ぎ、二人分の濃いコーヒーを沸かす。

女がコーヒーカップを持って戻ってくると、お客は食卓に向かってうなだれていた頭を上げ、女に向かって問う。「今日、あなたをとらえているずっと昔の驚くべきこと、その日記の内容はまさにそのことなのですか？」

「本当に驚くべきことは文章になっていません」。女は答える。「実は何日か前におかしな電話をもらいました。知らない人からかかってきた変な電話でした。誰かが私を他の人と勘違いしてかけてきた電話で、実際には私とは無関係な内容だったのですが、妙に忘れられませんでした。その電話に関する文章を書こうとしてノートを広げたのですが、あまりに疲れていて、つい眠ってしまったので」

「もしかしてあなたはまだ小説を書いていますか？」お客が尋ねる。「驚くべきことを書こうとしたというのは、小説のためのスケッチというわけですか？」

「いいえ、私は小説を書かなくなってずいぶん経ちます」。女が答える。「ここのところ小説は一行も書いていません」

「私はあなたが手紙一枚、メモ一行も残さずに消えたとき、ついにものを書くために出ていったのだと思いました。私と一緒にいたら不可能だと、だから去るのだと、あなたはいつもそう言い暮らしていましたからね」。お客の語調は淡々としていた。「けれどしばらく後に、あなたがサンパウロにいると人づてに聞いて訝しく思いました。なぜよりによってサンパウロなのか、理由が全く想像もつきませんでしたから」

「それは、私が考えうるいちばん遠いところだったからです」

「それで帰ってくるのにこんなに長くかかったのですね」

「旅行中にある種の事故があって、病院にずっと入院していました。治った後、そこに定着したのです。タクシーを運転し、編み物をし、服屋の店員をやったり、写真家のアシスタントとして働いたり、子供も産みました。ちっちゃな菜園を作ってじゃがいもやズッキーニを植え、子供が少し大きくなってからはヨガインストラクターのアシスタントをやりました」

「書くことはなぜ中断したのですか？」

「中断したというのとは違います。むしろ逆に、私は、長い時間が経った後で初めて、ふと思い出したことについて書くために、他でもないまさにこの部屋でだけ可能なその文章を書くために、最も遠い国から帰ってきたのです」。女は少し休み、話しつづける。

「その電話は知らない人からかかってきました」

また少し沈黙した後、話しつづける。

「それは知らない人からの電話でしたが、不思議なことにその人は私の名前を呼び、子供のころの私を知っていると言うのでした。その人は私と同じ年に同じ地域にある同じ小学校に入学し、同じ教室で、それも同じ机に並んで座って勉強し、その上、彼の主張によれば、一緒に劇をやったこともあると言うんです。彼が言うその年に彼の言う学校に入学し、偶然のきっかけで一度だけ劇を上演したことは事実ですが、私は彼のことは知りません。しかも八十人以上の子供が一クラスにひしめいていたのですから、たとえ教師であっても彼らを全員覚えていることはできなかったでしょう。従って、それは必ずしも私ではなく、他の女の子だったこともありえます。彼が私を誰かと勘違いしていることは明らかでしたよ。私には彼の名前が全然思い出せませんでしたからね。けれども彼は私の言うことをまるで真剣に受け止めませんでした。『電話を切らないでくれ！』説明の途中にも彼は追われるような声で、ほとんど哀願するように言いました。『私を知らないと言わないでくれ、電話を切らないでくれ！』私がすぐにでも電話を切りそうに思えたのか、彼の声は恐怖と不安でぴしぴしとひび割れていく足の裏のようでした。少しでも電話を切ると暗示すると、彼は私たち二人が共通に知っていそうなこと、特に二人だけが知っていそうなことを、でも私にとっては依然として覚えのないことを狂ったようにぶちまけました。それは絶望的で中身のない告白に聞こえました。私たちが学校に入学したその年、どういう理由であったか学校が一週間休校になり、休校期間が終わって学校に戻ると担任だった若い男性教師の自殺というニュースが待っていたことや、家が貧しいせいで放課後、小銭何枚かでも稼ぐために近所の木工所で雑用をしていたというその人は、夜遅い時間に木工所を出ると、擦れて白くなってしまったコーデュロイのズボンにびりびりに破れたバレエの衣装を重ね、母親の白いハイヒールをはき、深夜まで一人でふらふらと路地を踊るように歩き回っていた私と何度も二人きりで鉢合わせしたことがあると言いました。バレエの衣装の紫色の蝶々の飾りが街灯の明かりを受けて過剰にきらきらしていたのが、今でも生き生きと思い出されると言いました。でもそれは本当に私だったでしょうか？　ひょっとしたらその年には子供たちにバレエの稽古をさせるのが流行で、そのため、小さくなったバレエの衣装がゴミ箱に捨てられていることがよくあったのかもしれないと思うんです。ですからそれは必ずしも私ではなく、他の女の子だったこともありえます。けれどもその声はまた私に哀願しました。『電話を切らないでくれ！』その人はある日、私のポケットがふくらんでいるのを見て駆け寄り、いきなり手でポケットをぐっと握りしめたところ、その中にはお菓子やブドウではなくアザミがぎっしり入っていたものだから、手がすっかり棘だらけになり、悲鳴を上げておいおい泣いたとも言いました。何十本もの棘が刺さった手のひらは紫色にぱんぱんに腫れ、アザミの毒が回って何日も苦しんだというのです。その上、手のひらにはまだそのときの傷が残っており、ときどき痛みに襲われるとも言いました。『電話を切らないでくれ！』彼はワンセンテンス言い終わるたびに、もしかして私が黙って電話を切るのではないかと心配で気が狂いそうだと訴えました。『自分は病気にかかっている。記憶が生々しくなるという病気だ。最近になって、すごく昔のある記憶が、それと関係したあらゆるディテールが全部、目の前の絵のように生き生きするようになったんだ。ずっと忘れていたある事柄が突然、途方もない意味として刻印され、私の意識全体を占領してしまう。忘れてしまった感情が蘇り、なぜこんなに大切な記憶を今まで忘れて生きてきたのかまるで理解できず、あたかも私の人生のすべてをまるごと忘れてしまったような巨大な喪失感が私を押しつぶす……だからもう、あのことを話さずには、あのことを話せる誰かなしでは、私は今にも息が止まってしまうかもしれない！　私はそれほど辛い、じたばたもがくほど辛い、私は病気にかかっているのだ、この病の行きつくところは、他の病がそうであるように死なのだろうか。そうだ、そうであれば私は死んでいくのだろう、だからどうか、どうか、お願いだから電話を切らないでくれ！』とその声は言いました。私たちが学校に入学した年、学校の裏山の五葉松がすべて赤くなって枯死する病気が蔓延し、火事で焼けたように枯れてしまった森の中に、教師の体がぶら下がって揺れていたと言いました。黒いツバメが一羽、彼の左足から半分脱げてだらりと垂れ下がっていたひどく真っ赤な靴下を、翼でパシッと打ちながら素早く飛んでいきました。靴下は地面に落ち、ツバメは風の中を長い黒いリボンのように滑空しました。森のはずれで、枯死して伐採された五葉松の枝を燃やす煙が立ち上っていたんです。重たい雨のしずくが降りはじめた黄昏どきだったそうです。ある子の歯が抜けたり、耳から血が垂れたり、足の裏に釘が刺さったり、てんかんの発作を起こしたりすると、それを不思議で羨ましいことだと思った他の子供たちが真似をしたりしたそうです。派手な花柄のタオルを腰に巻いて黄色い日傘を旗のように掲げた私は、子供たちを率いて意気揚々と山に行きました。ところで子供たちはなぜ私についてきたのでしょう？　電話をかけてきた人は、その日自分も私と一緒に山に登ったと言いました。単にグループの中の一人としてついていったのではなく、実は私のすぐそばで私に日傘を差しかけてくれた子がまさに自分だったというのです。その日傘も、自分が家から母のものを盗み出して私に持ってきてくれたのだと。理由を聞くと、私がそうしてと言ったからだというのです。私はそんなはずがないと言いました。『嘘じゃない、誓ってもいい、だからどうか電話を切らないでくれ！』その声は必死に哀願しました。教師は空中にぶら下がった腐った丸太のように重たく揺れていたんですよ。ツバメが飛び去った余韻が空中にそのまま残っており、私たちはそれを吸い込むことができたそうです。私は普段から、赤い色について話すとき、クレヨンの赤色、枯れた五葉松の赤茶色、半分脱げた靴下の紅色と言うくせがありました。赤はそれぞれみんな違いますからね。世の中に存在するすべての色彩は原則的に唯一であり、赤や青という一つのカテゴリーではくくれないという点では同じですが、私の目に入ってくる赤は、非常に微細な違いさえひどく巨大で致命的なものに感じられ、そのためとうてい同じ名前で呼ぶことができなかったからです。さらに、市場で買ってきたばかりの赤い靴下も、いつ、どこに置かれるかによっては[illegible]違って見えたんです。教師が死んだ後、私たちのクラスを一時的に担当したのは、大学を卒業したばかりの若い女性教師でしたが、美術の時間に私が赤いクレヨンを指して『それは赤じゃありません、ツバメが逃げたせいで枯れた五葉松の森に落ちてた靴下の色ですから』と言ったという理由でヒステリーを起こし、私を厳しく非難し、問い詰めました。しかも目には涙まで浮かべて。彼女は死んだ男性教師と婚約していたという噂がありました。けれども私は単に、とても気に障る赤い色を表現する方法が他になかったのでそうしただけでした。後でわかったことですが、その赤はカドミウムセレニド色素、しばしばカドミウムレッドと呼ばれる色で、毒性があるため、例えば靴下用の毛糸といった生活用品への使用は今は禁止されていますが、過去には何の規制もなかったので、安物の靴下だけでなく子供用のおもちゃ、さらには無許可の工場で作られる大きな飴にも入っていたそうです。そして今もタトゥーなどの染料として活用されていると聞きました。臨時の女性教師は、私たちが、私たち四人の少女が、八十人クラスの全員があの男性教師を殺したのだと四方八方に触れ回って騒ぎ立てました。私たちはただ彼の言う通りに劇をやっただけだったのですが。電話をかけてきた人は、特に悪いことをしなくても、いつも何らかの理由で、あるいは何の理由もなく教師から常にさまざまな罰を与えられていた何人かの子供たちの一人でしたが、臨時教師が来た後も状況は変わりませんでした。ある日女性教師はその子に、授業が終わるまで机の下に潜っていて出てこないようにと命令したそうです。その子の席は私の隣で、机を分け合って使っていたので、彼が這い込んだ机は当然ながら私が座っている机で、それで私が授業中ずっと体を動かしながら、すごく大きい、膝の上まで来る汚い赤い靴下をはいたり脱いだりしていたことを――いったい私はあんなに大きい成人男性用の靴下を、それも片方だけを、どこで手に入れたのでしょうか？――ゴミ箱から拾ってきた穴のあいたナイロンストッキングをはいたり脱いだりするのを、色鉛筆で太ももに落書きするのを、噛んでいたガムをふくらはぎに貼りつけるのを、裸足に刺さった棘を爪で抜こうとするのを、足の裏の棘を抜こうと足を持ち上げたとき、足の間から一筋の血が流れ落ちる光景を、まるで触れるほど近くで、まさに目の前で目撃したとも言うのです。滑稽なことに彼にとってはそれらのすべてが妖しく魅力的で、そうです、それを、まるで踊りのようだと思ったと言うんですよ。ある日の夕方には、その人がいつものように疲れきって木工所の門を開けて出てくると、布団カバーを頭にかぶった私が悲鳴を上げながらその前を狂ったように走っていき、その後ろを何千匹もの灰色の蛾の群れが大きな灰色の旗のようになってついていくのを見たという話もしてました。蛾の羽根は何千個もの小さな薄いブリキ板のように一斉にかさかさという音を立て、羽根から落ちた透明な灰色の粒子がそのまわりに群がって霧のようだったということです。何を触ったんだ、あの子は何を触ったんだ、死んだ獣でも触ったの？　と誰かが尋ねる声が聞こえたそうです。ところで、逃げていく私が手に大きな赤い靴下を持っているのを見たと、その人は言いました。『電話を切らないでくれ！』彼はくり返し、まるで助けを乞うようにせっぱつまって哀願しました。『私はその年の秋に結核になって学校を去らなければならなかったし、その後二度と学校に戻れなかった、幼いころずっと、学校だけでなく家の外には全く出られないまま生きてきた。私は知り合いさえいない一人ぼっちの病人だよ。私の病気、私の貧困、私の孤独、そして君に関するこの記憶が私のすべてだ、私の人生のすべてだ、だから話を続けさせてくれ、電話を切らないでくれ！』おしまいには彼の哀願はまるで絶叫のように聞こえました。『私を知らないと言わないでくれ、あの年、君が教室で踊るのを見た、君が踊りながら海に行くのを見たんだ、本当に覚えていないのかい、私が君の後ろについて行ったのに？　私はいちばん先に君のところに走っていき、すると他の子供たちがついてきて、それで私たちはみんな一緒に海に行った！　それが私が見た最初の海だった！　説明できないが、ウル、君は私に始まりを見せてくれたんだ！』たとえ彼の話に私の記憶の中の幼いころと一部一致する点があるとしても、私は決して彼を知らず、その上、私は今遠い外国に住んでいて、知り合いでもない人との長時間の通話料など払えないので、結局、頼むからどうか私を邪魔しないでと言って電話を切るしかなかったのですが、私が電話を切る最後の瞬間までも、その人は遠い通話線の向こうからますます早口で、ますます焦って悲鳴を上げるみたいに叫んでいました。『私の足を切ってもいい、私の首を切ってもいい、でも、どうか、電話だけは切らないでくれ！』」

女は口をつぐんで窓の外を眺める。お客も女の視線を追って振り向く。女は自分が切り出した話題を続けるべきか、それともこのあたりでやめて自然に他の話題に移るべきか確信が持てない。自分を知っていると主張する、しかし自分の方では知らない人からの間違い電話について話しすぎることは、どこか愚かしく感じられたからだ。しかし女は本当に驚くべきことについてはまだ話していない。そこでやむをえず、お客を見つめずに再びゆっくり口を開く。

「ところでその電話を切った後、単純に変なだけではなく何か驚くべきことが起きたのですが……」

その電話を切った後、女は自分が聞いたことについて考えるようになった。すでに闇は深く、電話を切った女は木のように突っ立ったまま、自分が聞いたことについて書かなければと考えていた。電話をかけてきた男には最後まで否認したけれども、その話の中の少女は女が想像する自分自身、あるいは女が想像することになるだろう記憶の一部かもしれなかったからだ。それを書くためには、ある場所が必要だという気がした。女が知っているある場所。女は、自分が狂ったと思った。女は文章を書かなくなってもう久しいし、その場所ははるか遠くではないか。それは考えるだけでも愚かで、無謀なことに思えた。ところが驚くべきことに女は、ただそれを書くために、二十六時間飛行機に乗らなければならないこの家に戻ることを決心し、さらに驚くべきことに、本当にそれを実行に移した。女は間違い電話であることが明らかなその電話と、自分がここにいるという二つの事件を、全く無関係に見える、事実、女自身の人生において特に意味を成しそうにない二つの些末な事件を何とかして結びつけて解明しようと努力するが、結局成功しない。

　ついにそれ以上の説明を放棄した女は、代わりにお客に聞くことにする。

「あなたは、驚くべきこと、または説明できない不思議なことを経験したことがありますか？」

　実際、よく考えてみれば、そのようなことは私たちが想像するよりはるかに頻繁に起きるとお客は答える。だが、それらはたいてい不完全な破片の形をとっているため、私たちの人生の絵を完成させるのに不要なピースのように見え、そのため私たちの意識はそれが何の予感なのかわからないまま、たいがいはそれを記憶せずに破棄してしまう。説明できない不思議なこと、私たちの人生と論理的な脈絡を成しえない異質の破片を私たちはそのように呼ぶ。この世のあることは、なぜ鳥肌が立つほどなじみがなく、気分が悪くなるほど異質で奇異なのか？　私たちを理解できないほど恐しい混沌の中へと追い込む偶然の絵、そのようなことはなぜ存在し、なぜ起きるのだろう？

「それはもしかしたら純粋な内面の絵なのかもしれません」。お客が言う。

「誰の内面のことですか？」女が尋ねる。

「そうですね」。お客が肩を上下させた。「今私の中にパッと浮かんだのは、私たちの意識を包括する宇宙の内面かもしれないということですが、もっと適切な言葉で表現することもできるでしょう」

「それなら、私たちという個々人の運命は、宇宙の無意識を映した鏡の破片の一つ一つであるわけですね」。女が一人言のようにつぶやく。

「説明できない不思議なこと、という言葉を聞いた瞬間すぐ、今朝経験したことが思い浮かびました」。お客は言う。「もちろん大した事件ではありません。あなたにかかってきたというその間違い電話と同様、偶然のハプニングに近いでしょう。はっきりと思い出せるような事件でも、他人に聞かせるほど意味のあることでもないのですが」

今朝、実はほとんど夜明けに近い時刻に誰かが彼を訪ねてきた。そしていきなり何かを差し出したのだが、それは驚くべきことに結婚式の招待状だった。彼は昨夜眠れなかった。一睡もできなかった。まさに昨日九十六歳で死んだ、リトアニア系アメリカ人の前衛映画監督の芸術世界に関するかなり長い文章を書かなければならなかったからだ。そして夜が明けるころになってやっと書き終えた彼が寝床に入ろうとすると、玄関のベルが鳴ったのだ。それを持ってきた人の説明によると、招待状には特別な条件があり、読んだらすぐにその場で答えなければならないという。招待状だが手紙の形になっていて、しかも何ページもある分厚いものだった。まさに今夜開かれる非公開の結婚式について知らせる手紙だが、招待状を持ってきた人は、受取人とされている彼の名前と住所を指差し、自分の仕事は招待された人たちを一人一人個別に訪問して直接手紙を見せ、招待を知らせることだと言った。招待された人が参加を承諾すればその場で招待状を渡し、参加できないと言えば招待状を渡さずにそのまま持って帰るのだ。非公開の結婚式なので招待状がないと入場できないという。返事を保留にはできないので、彼はその場ですぐに出席するかどうかを決めなければならなかった。結婚式を非公開にする理由は、聞いてみたわけではないが、おそらく彼らが同性カップルだからだと思うとお客は言った。手紙に書かれた名前から見て、多分二人とも女性のようだったが、それは正確ではなく、単に彼がそう推測しているだけだと。ところがおかしなことに、いくら考えても二人とも彼が全く知らない名前だった。そのような結婚式に招待されるなら、とても親しいか特別な間柄でなければならないだろうに。しかも彼の知り合いの中には結婚を予定している者もいなかった。彼はわけもわからず戸惑うばかりだった。手紙を持ってきた人に聞いても、自分は単なる使いだという返事しか聞けなかった。

「それで結局、招待を断ったんですか？」女が尋ねる。

「それはそもそも断るしかない招待でした」。お客が答える。「保留にもできないし、延期も、中立も、折衝も、回避も、いかなる外交的で迂回的な方法も許されませんでしたから。おそらく私と同じ名前の誰かを招待するつもりだったが、つい住所を書き間違え、書き間違えたその住所が思いがけず私の住所だったのでしょう」

「世の中にそんな不思議な偶然があるとはね。びっくりです」

「しかし、私が話そうとしていた本当に不思議でおかしなことは、そのことではありません。その結婚式の招待状がきっかけで、ずいぶん前に自分がゲリラ戦士だったことを思い出したという話をしたかったんです」。お客が言った。「もちろん、本当のゲリラではなくゲリラ公演のことを言っているのです。ちょっと説明しますと、約二十年前に非常に独特な公演形態が登場したのですが、それは高い公演会場を確保できない貧しい劇団や芸術家たちが主軸となって、廃校やつぶれたガソリンスタンド、オフシーズンの海辺のカフェなど放置された場所を、持ち主の許可を得ずに公演の場として無断使用するというスタイルでした。もちろん私もその中の一人で、いえ、正確には、ずっと前に一人劇団を主宰しており、かなり早い時期からそのようなゲリラ公演を積極的に主導してきた演出家といえるでしょう。最も重要な仕事は観客の募集でしたが、見つかったら罰金を払わなくてはならず、へたをすると告訴されることもあるので、すべてがきわめて内密に行われました。たいていは、公演が何日か後に迫ったころに顧客を一人一人直接訪ねて、招待状を売るという方法でした。まさに今朝の結婚式の招待状のようにですね。ゲリラ公演もそのように、秘密の方法で招待状を受け取った人だけが見ることができるのが特徴でした。公演日時と場所は招待状にしか出ておらず、ひどい場合は演目さえ招待状を受け取って初めてわかるので、招待状はまるでスパイの密書のような役割を果したのです。公演日の夕方、たいていはさびれた辺鄙な場所、人通りの少ない奥まった場所に一人、二人とタクシーで人が集まってきます。ゲリラ劇団の固定観客リストに載っている者たちは毎回、カルトの儀式が行われる秘密の洞窟に招待されたように振舞ったそうです。実に馬鹿みたいに聞こえるでしょうけど、当時はそのようなやり方が通用していたのでね。公演は主に人通りの途絶えた夜に開かれましたが、人目につくと困るので照明も使えなかったため、蠟燭しか灯っていない闇の中で俳優たちは手探りで演技をし、それさえないときは舞台と客席の区別もできず、俳優と観客が混ざってしまうこともよく起きました。不平を言う人はいませんでした。そうしたことを楽しんでいたからです。ゲリラ公演があちこちで盛んに開かれていたころには芸術家たちも非常に大胆で、しばしば危険なほど自由な公演を試みる傾向が生じたこともありました。例えば、ジョルジュ・バタイユの小説を朗読しながら俳優たちが試演をくり広げるといった方法ですね。ところで、実はここで私がしようとしている話のポイントは、ゲリラ公演そのものではなく、私が若いころにしばらくつき合いのあったある女性に関することなのです。もちろん私にもわかっています、この話がゲリラ公演の話より馬鹿みたいに聞こえるということを。私はあまり見ためのいい男ではなく、ごらんの通り、今と同じように当時も魅力的な外見ではなく、円満な性格でも社交的でもなく、それに人に比べて飛び抜けて運がよかったわけでもありませんが、それでも若いころにかなり情熱的につき合った女が何人かいました。その中には真剣な関係だった女もいて、そのような女の一人とは偶然、あなたもご存知のように結婚までしましたが、ところで私がここで本当に話そうとしているのはそのことではなく、そのようにして知り合った女の一人、あまりに若かったころにうっかり一時つき合っただけの、責任感とも信義とも無縁な、軽い友情ですらなく、実は交流期間もかなり短く、お互いについてほとんど知らない状態でうやむやになってしまった、ただすれ違ったような縁と言った方が正確なのでしょうが、しかし単なる友達や同僚の間柄ではなく、きわめて短い期間だが友達以上だったことは否定できず、だがつき合っている間も正直、お互いについてまじめに考えたことは一度もなく、いや、そのような思いに進展するきっかけもなく、事実上、お互いの軽率さを楽しんただだけという以外に何もない、そうです、あなたの推測の通りです、今振り返ってみれば、なかったらもっとよかったであろう、正直に告白するなら後悔すべき関係、まさにそのような関係にあった一人の女に関することです。そしてまさにその彼女が私の最後のゲリラ公演での相手役だったのです。私たちはジョルジュ・バタイユのテキストを読む朗読公演を企画したのですが、私の相手役として彼女が稽古場に現れたとき、私はちょっと驚きました。一目で彼女だとわかったのでね。私が知っていた過去の彼女は十代を抜けたばかりで、まだ少女に近い新人俳優であり、未熟で貧相でしたが、ある程度は野望もあり、ある程度は挑発的でもありました。そのころも確かに悪い俳優ではありませんでした。才能がなかったわけではないんです。しかし悲しいかな、決して幸運な俳優でもありませんでした。徐々に活動が途絶え、洋服屋の店員やアトリエのヌードモデル、ダンサーとして働いているという噂が広まりましたが、そうした噂とともに配役を得るチャンスはさらに減り、おそらく結婚して舞台を離れた後、ずっと人からも忘れられ、ゲリラ公演が始まるとともに再び活動することになったようでした。不思議なことに彼女は、一般演劇ではなくゲリラ公演の舞台にだけ立つというんです。久しぶりに再会した彼女は私を覚えていない様子だったし、私もあえて私たちの短い過去を思い出させてやることはしませんでした。彼女はやせてやつれていましたが、驚くほど変わっていませんでした。それでも私には彼女が全く違う人のように感じられましたが、おそらくそれは彼女が不思議なくらい寡黙な俳優になってしまったせいでしょう。過去の彼女の特徴は華麗な朗唱でした。彼女の朗唱はまさに足のない舞踏のようだったのですよ。ところが今は声も発音もちょっと不明瞭だという欠点があり、そのせいか本人もできるだけ台詞の少ない役割を希望していました。練習をするうちに自然とわかったのですが、彼女は舌に問題があるようでした。それが耳障りで気になりましたが、理由を糾すつもりはありませんでした。彼女も中年にさしかかっていたのですし、年を取るとはそういうことでしょうから。それにそもそも、私の公演での彼女の役は、台詞が一言もなかったということもありますし。再び現れた彼女の環境について、私は過去と同様、ほとんど何も知りませんでした。彼女には友達もいなかったし、親しい同僚も家族もいないと聞きました。それ以上のことは誰も知りませんでした」

「ところで、彼女の話のどんな面が説明できない不思議なことに属するのですか？」お客がしばらく黙ると女が尋ねた。

「おそらく直接の関係はないのでしょうが、不思議なことにある些細な事実が不思議と心から消えず、私を苦しめたのです」

「それは何ですか？」

「彼女の名前。彼女はウルでした。彼女はあなたと同じ名前でした」

しばらく沈黙が流れた後、女が淡々と言った。「私の名前はとてもありふれたものではありませんが、だからといって同名の人が全くいないわけではないでしょう」

「ですからあなたに初めて会ったとき……思わずこう言うところでした。ウル、私はあなたの未来を知っています。でも、ごめんなさい、それが私を嫌な気持ちにさせます。だからあなたには二度は会いたくありません」

「私がウルだから?」

「告白するなら、そうです。あなたがウルだから」

「でも世の中に同じ名前の人は本当にたくさんいるじゃありませんか! しかも私は彼女ではないんですよ! 私はただの一度も俳優のウルだったことはありません! 私は彼女を知りませんが、それでも私は彼女ではありません!」

「想像してみてください」とお客は言った。「想像してみてください、もしかしたら私たちはこれまで一緒にずっと旅をしてきて、ある日同時に汽車から落ち、二人が全く同じように記憶をなくしたのかもしれません。想像してみてください、それで私たちは名前を忘れ、私たち自身のことも忘れたのだと」

彼の最後のゲリラ公演、放置されていた古い学校でのバタイユの二人劇の上演中に小さな事故があった。彼と共演していた相手役の女性俳優が突然発作を起こした。

女性俳優の手足はねじれ、口から泡を吹いていたが、観客は当然、それを演技の一部と受け取っていた。彼女はしばらくの間けいれんすると、口元に少しよだれを垂らし、本当に自然に死んだ！　共演していた男性俳優以外、誰も彼女の死に気づかなかったほどだ。偶然にもその日彼女が演じていたのが、ネクロフィリアである恋人のために死体のふりをする女の役だったからである。舞台の真ん中に死んだ俳優を放置したまま公演は続いた。女性俳優は死んだ後も断続的に手足を収縮させるように震えた。一度などは、確かに死んだ後なのに両目をぱっと見開き、椅子の上で左腕を伸ばして頭の上に上げ、左足を高く上げて右足の上に組んだ。まるで踊るように、本当に自然に。彼女の左足から靴が脱げた。しかしちょうどその瞬間に激情的なクライマックスの朗読が始まったため、観客は拍手をし、その隙に乗じて共演していた男性俳優は床に落ちた靴を足で横に押すことができた。誰も気づかなかった。そして女性俳優はぐったりと倒れ込み、もう二度と動かなかった。男性俳優は彼女の口元から唾液とともに流れ出た血のしずくを見た。泡の混じった血だった。彼は原稿を読みながら、腕を大きく動かすふりをして袖で彼女の口元を拭いた。誰も気づかなかった。幕が下りた後、男性俳優は死んだ女性俳優の体に公演会場のすみに転がっていた緑色の毛布をかけ、彼女は疲れて眠っているのだ、だからカーテンコールはできないと言いつくろった。ゲリラ公演はあらゆる面で典型的な演劇とは大きく異なるため、観客はそれほど疑わしいとも思わなかった。最後の一人まで帰って会場が空っぽになると、男性俳優は誰にも知られないように彼女の体を動かすことにした。ゲリラ公演の会場に遺体を置いておくことはできず、しかも彼と二人きりの公演中に死んだことが明らかになれば、ひょっとして彼が犯人として追及される可能性もあったからだ。幸いにも彼は彼女が近所に住んでいることを知っていた。その日、公演開始前の会話の中で彼女が、自分の家は近くの丘の上の空き地の真ん中にぽつんと建っている緑色の建物の二階にあると、その家は小さくて部屋が一つしかないが、部屋代を払わなくてもよく、窓からは海が見えるとふと言ったのだ。「たぶん彼女はあの家のことを言ったのだろう」。彼はゲリラ公演の会場からまっすぐ前に見える丘の上の緑色の建物が、彼女が言っていたその家だろうと推測した。ところで彼女は本当にその家に住んでいるのだろうか？　彼は疑いと不安を振り払うために頭を強く振った。「もし違うなら、これから住めばいい」

彼女は体の小さい方だったので、男性俳優は両腕で楽に抱えていけるだろうと思っていた。しかし遺体は驚くほど固くて重かったため、思ったよりもずっと大変で、しかも丘の上までしばらく坂を上らなければならなかった。人など通らない丘の上の空き地では、ほとんど人の背丈まで伸びた雑草の間にゴミが散らばっており、捨てられた家具や錆びたキャビネットがわびしく立っていた。壊れてちゃんと閉まらないキャビネットの扉がしきりにキイキイときしみ、その後ろには誰が何のために張ったのかわからない空のテントがあった。破れた布地が風にはためいている。男性俳優の額は汗でびっしょり濡れた。そこにもともとあった何軒かの古びた家は、住人が去ってしまった後は誰も手入れをしておらず、崩れ落ち、彼女が住んでいるという、少なくとも男性俳優がそうだと推察した彼女の家だけが廃墟と残骸の中の唯一完全な建物としてぽつんと立っていた。その家は三階建てだったが電気はすっかり消えていた。建物の前には自動車が一台あったが、近くまで行ってみると窓ガラスも全部割れ、タイヤとハンドルがなくなったまま放置された廃車だった。とうとう建物の玄関を通過した男性俳優は気力が全く残っておらず、しまいには死んだ女の足をつかみ、階段の上をずるずる引きずって運ばなくてはならなかった。ところでこれは本当に彼女の家なのだろうか？　家賃を払う余裕のない彼女が、取り壊しが予定されている地区の空き家に無断で入り込んで住んでいるのではなかろうか？　男性俳優はふとそんな疑いを抱いた。彼は彼女について何も知らなかったし、彼女が死んでしまった今となってはさらに知る術がなかった。彼女は鍵をどこへ置いたのだろうか？　そう思うそばから彼の手は自分でも気づかぬうちに、空き家の玄関のドアの上を探っていた。本当に鍵がそこにあった。彼は最後の力を振り絞って遺体を家の中に引っ張り込んだ。カーテンのかかっていない窓からぼんやりと明かりが入ってきて、電灯をつけなくてもある程度物を見分けることができた。男性俳優はまだぬくもりが消えていない遺体を、布が破れて中身が飛び出した古いソファーに座らせることにとうとう成功した。その後もすぐにそこを離れはしなかった。呼吸を整え、気力を回復するために、ソファーのそばの床に座り込んでしばらく休まなくてはならなかったからだ。空き家にはしばらくの間、彼の荒い呼吸が響いた。死んだ俳優は首を横に傾けた姿勢で目を半分くらい閉じていた。わずかに腫れて飛び出した瞳は闇の中で黄ばんだ蠟のように静止して見え、口元には血が流れた跡があった。ふと憐憫の情が湧いた彼は、女のために何かしてやりたい気持ちになり、ハンカチを水道水で濡らして女の口元を拭いた。濡れたタオルが触れると女の唇はすこしぴくっとしたようだった。水を飲んだら、死んでいた命がこっそり戻ってくるのではないだろうか？　ふとそんな迷信のような思いを抱いた彼は、水でたっぷり濡らしたハンカチを女の唇に当てて思わず叫んだ、「飲め、これを飲み込め！」。返事はなく、その代わり唇の間から黒く変色した舌の先が少し飛び出した。舌は、腹のふくれた小さな黒い蛇のように見えた。彼はハンカチの水を絞って女の舌に垂らした。舌には何の反応もなく、その代わり女の頭が急に前に垂れた。女はあごが胸につくほど深く頭を下げ、前に下がった髪の毛が女の顔を完全におおった。窓から入ってくるぼやけた光が、彼が肘かけに乗せておいた遺体の両手を照らしていた。ぽきっと曲がった左手の中指の先が静かに震えているようだった。しかしそれは生命あるものの動きではなく、むしろ逆に硬直の過程に近かった。彼は去らなくてはならなかった、いや正確にいえば逃げなくてはならなかった。汗がいくらか冷め、呼吸も落ち着くと、彼は家を出てドアを閉め、鍵を元の場所に置いた。彼は自分が通ってくるとき踏みしだいた草むらをたどりながら歩いていった。

「あなたはもしかして、そういうものをもう一度企画してみたいと思いませんか?」女が不意に、熱っぽく尋ねた。

「何をですか?」

「ゲリラ公演を」

「そうですね。ああいうものがまだ有効なのかどうか、私はよくわかりません」

「あなたの話は私にとって有効でした。ある一つの文が思い浮かびます。おそらく私が書くことになるやがて、今日の夕方か遅くとも明日の明け方までには書くことになる文です。おそらく私が文です。ある一つの文が私には見えますが、形の決まった文ではありません。小説や戯曲、もしかしたら日記や手紙かもしれないし、朗読劇の台本かもしれませんね。まだ一つの声にすぎないのですが、あなたの話を聞いて、それを戯曲にしてゲリラ公演の舞台に上げたいと思いました」

「どうしてもゲリラ公演であるべき理由はありますか？」

「それは、公演形態がどうなるかあらかじめ予測できないからです。そして、これも大切な理由なのですが、もしかしたらその公演が突発的な結末を迎えることになる可能性もあります。ですから必ずゲリラ公演でなければなりません」

「突発的な結末とはどのような内容か、興味深いですね」

「内容というほどのこともありません。俳優の役割は、ただ舞台にいることだけです。原則的にその人は一人です。やりとりする台詞もないし、特別な行動をする必要もありません。とりあえず、裸体に大きな緑色の毛布をかぶって座っていることだけがすべてです。顔まで完全におおう毛布なので、観客と目を合わせることさえないのです」

「裸で緑の毛布を？」

「そして手には杖を一本持っていなければなりません」

「本当にそれだけですか？」

「そうです、それでおしまいです。もちろん俳優が望むなら、即興的に独白をすることができます」

「では、ステージでは何も起こらないということですか？」

「その人が何もしないからといって、何も起こらないということではないでしょうね。

ただ、それが何であるのか私たちにはわからないというだけのことです。舞台には他にも演技者がいますから」

「それは誰ですか?」

「コヨーテです」

「何ですって?」

「コヨーテですよ」

「それは、それは、人間ではないでしょう」

「ええ、そうです」

「生きている本物のコヨーテのことですか?」

「そうです、生きている本物の」

「ではコヨーテは何をするんですか?」

「誰にあらかじめコヨーテの計画がわかるでしょうか」。女は優しい笑みを浮かべた。

「つまり……」

「そうです、私たちには何もわかりません。ステージにはただ大きな鉄格子が設置されているだけです、動物園のコヨーテの檻と同じ形態のですよ、その中に緑色の毛布をかぶった主人公がコヨーテと一緒に入っているんです。台詞はありません。決まった台詞がないという意味です。決まった行動もありません。しかも、決められた時間もありません。数時間のうちに演劇が終わることもありますし、数日、また数週間続くこともあるでしょう。途中の休憩はなく、舞台に水や食べ物が提供されることもありません。主人公にもコヨーテにも。演劇が続いている間、観客は自由に出入りして公演を観覧することができます。私の戯曲はこれがすべてです。あとは主人公の俳優と、そしてコヨーテにかかっています」

「決められた公演時間がないのなら、演劇はどうやって終わるのでしょう？」

「それは俳優だけが知っています。俳優が自分で決めるのです」

しばらく時が流れた後、お客が静かに尋ねた。「あなたは……本当に信じているんですか？」

「何をです？」

「そのような演劇が存在しうるということを」

「存在は想像だと、あなたは言いませんでしたか？」

「その作品の俳優を探すのは容易ではあるまいという、非常に暗い予感がするんですが……違いますか？」

「コヨーテをどうやって探すのかという質問なら、まだ方法はありません」

「もしコヨーテを手に入れたとしても、緑色の毛布をかぶる主人公が永遠に見つからないこともありうるのに、そうなったらどうするつもりですか?」

「その心配はあまりしていません。その役は私がやりますから」

女は立ち上がった。部屋はもうずいぶん前に暗くなっていたが、彼らは電灯をつける必要をあまり感じられず、互いのかすかなシルエットに向き合ったまま会話を続けた。

しばらくして女は立ち上がり、おそらく彼女が間もなく、今夜か、遅くとも明日の明け方までに書くことになるかもしれない文章を、それで舞台の照明が消えた闇の中で声だけで流れることになるモノローグを、ただ即興的に朗唱しはじめた。

「母さんが死んだ　私のはじまりのきざしが消えた!

私はある日、何をすべきかも知らず、またどこに行くべきか知らなかったが、ふと気がつくと母の家にいて、私の手には母の写真があった。

それは夕方の海辺を走っていく犬たちを撮った写真だ。写真の左端には、半分背を向け、何気ない姿勢で海辺の犬たちを眺めて立っている、色白でふっくらした若い女性の裸体が一緒に写っている。女性の柔かく弛緩した下腹とやや曲がった形の脚。私はその写真が、私自身と深く、この世の他の何よりも深くかかわっていることを知っている。具体的にどのような関連か説明することはできない。理解できないながらも、見た瞬間すぐにそれとわかる、揮発していく香りのような、そんなわかり方がある。母はネズミが歩き回るこの古い家のソファーに座って死んでいるところを発見されたと聞いた。母のものといえそうなのはかばん一つがすべてだったが、その中にあったのは古い服と口紅とこの写真一枚だけだったという。他の写真をはじめ、個人的なことがわかる遺品は全くなかった。もちろん、この写真の中の裸の女性が母だと特定する根拠はない。私が知っているのはただ、これが母の遺品から出てきて、私の父は昔郵便配達員であり、アマチュア写真家でもあったという事実だけだ。

写真の中の女性の斜めの横顔は少し口を開けているが、笑いを浮かべてはいなかった。冷たい風のせいか、しかめっ面に近い。彼女のポーズは専門的な目的を持ったモデルのそれではなく、単に私的な契機でカメラの前に立ったものと推測されるが、このような特殊な状況でも緊張が感じられないところを見ると、とても大胆な性格だったようだ。彼女が向き合った海では、波がこちらへ向かってくるところだ。海岸では三匹の犬が走っている。どこでもよく見かける種類ではなく、すらりとした流線型の体を持つ猟犬たちだ。最後の太陽光が消えた直後、光が残した最後の影が天地の間でゆらめく息の止まるような瞬間だ。カメラは犬たちが光と闇の間の層を横切って跳躍する瞬間を捉えている。ところで、それは彼女の犬たちだろうか？　女性の視線は犬たちに向かい、女性の髪は黒い蛇の形になびく。写真では見えないが、おそらく近くに彼らが乗ってきた郵便局用の古い自転車が一台あるだろう。ところで彼女は本当に私の母だろうか？

私は写真を見る。写真とは何者かの凝視であり、私が見ているのはその目が消えた後の、遠い遠い匿名の残像でもある。だから写真を見ることはしばしば、目を使わずに遠くから見る行為だ。私は目を持たず、ただ遠くから見ている。彼女はここにいた。ここはどこか？　私の指先、または左の耳？　ずっと昔のことで、彼らは若かった。そして何があったのだろう？　人生のある一瞬に、私の口からは歌が流れ出てきた。

あの遠い故郷の空　稲妻が光り
父も母もずっと前に死んだ……

母が死んだ家で、私は両腕を垂らした姿勢で死体のように座っている。時がどれほど流れたのかわからない。家の中は薄暗い。どこからか差し込んできた妙に強烈なオレンジ色の夕方の日差しが私の左手の中指にとどまっているのが見える。指は薄い灰色で、過剰に曲がっており、正体のわからない悲しみでけいれんするように震える。その瞬間、私は完膚なきまでに内面の存在だった。その瞬間、私の言語は完膚なきまでに内面の言語だった。その瞬間、私の記憶は誰にも属していなかった。そのような瞬間が続いた。私の中に〈はじまりの女〉を感じる瞬間、私の中で〈はじまりの女〉が静かに燃えはじめる発火の瞬間、だしぬけに、自分は誰かの幽霊だという強い感覚とともに、それこそが私の存在の唯一の根拠であり理由であるという確信が芽生える瞬間。

母がここで一人で死んだという事実は、彼女のことを全く知らなかった幼いころからすでに、私の人生の、超言語的な象徴だった気がする。

私の最初の記憶は、七歳という幼さで始まった初経の衝撃だった。その日、私は混沌の子として、母親なしで一人で生まれた。血の色をした稲妻の中で私は家に帰り、一生のうちに一度も母に会ったことがない。母は私の記憶のかなたの川辺に寝ている。私は生涯、母の熱い肌や母の体臭から安全に隔離された生活を送った。私の記憶が始まるよりも前に、母は自分の子の首を絞めて殺したという理由で監獄へ行き、出所後は自ら姿をくらましてしまったためだ。子供時代の夕方はツバメたちについばまれ、あっという間に流れていった。だから私は母を知らない。かなりの時が過ぎてようやく、私の野生は他でもない〈はじまりの女〉、彼女の自然から来たものだと推察するようになっただけだ。

ある日汽車に乗って旅をしていて、偶然、食堂車である黒い服を着た女が一人で食事をしている光景が目に入った。本来は黒かったであろう髪に白髪がかなり混じっていたが、背中と首を際立ってまっすぐに伸ばし、優雅な姿勢をとっている彼女の年齢を推し量ることは難しかった。三十歳から八十歳までのいくつと言っても当たっていそうだった。彼女は上半身をまっすぐに起こして座り、皿いっぱいに盛られた大きなカツレツを注意深く切って口の中に入れ、慎重かつ丁寧によく噛んでいた。私は通路の反対側のテーブルから彼女を見守った。彼女が肉を切り、口に入れ、噛む、その一連の反復的な行為には、私の心をつかむ何かがあった。彼女の横の車窓では黄色い菜の花畑が、ぞっとするような高層建築が立ち並ぶ都市のはずれの光景が、緑の川と橋と牧草地が代わる代わる通り過ぎていった。ときおり突発的な暗黒が車窓をいっぱいにおおい、窓ガラスにはカツレツを食べる女とそれを見守る私の姿がはっきりと映っていた。私は終わりのない長いトンネルを見た。時間が経つにつれて、彼女の食べる行為は似たような深さを帯びた人間行動の別の深淵に対置されていった。まるでそれが深い思索や悲鳴、絢爛たる青空を見上げる瞳、血だらけの下着、破廉恥な犯罪や宗教的な祭衣と同一であるかのように。彼女の服の裾には葬儀用の黒いブローチがついていた。食事の途中で彼女はフォークを下ろして皿を横に押しやり、うつむいて長い髪を前に垂らし、両腕を左右に広げた姿勢で頭を急に前に深く下げた。額が食卓にドンとぶつかる音がするほどだった。白いものが混ざった黒髪が食卓と皿をおおった。彼女はその姿勢のまま固まってしまったようにしばらく動かなかった。それは焦りもためらいも、いかなる誇張もない、しかし彼女自身だけが知っている匿された必然性を帯びた動作だった。そのためまるで踊りのような印象を与えた。私は理由もわからないまま、彼女と彼女の奇妙な踊りに強くとらえられた。しかし私は私の席で何も言わず、ただずっと彼女を見守っていた。いつからか私が知るに至った、世の中を眺めるある方法で、すなわちじっとして、そして同時にほとんど顔をそむけながら」

ウルは見る目だ。ウルは影たちの間で踊りながら、歩き、または歩かずに見ている。目を開けているときも、そしてさらには目を閉じていたり、眠っていても見る。ウルは決して正面から見ない。観察もせず、凝視もしない。ウルは一度も穴があくほどのぞき込んだり、視線によって何かを暴いたことがない。ただ横に流れるように、見えているものを見るだけだ。

ウルは見ているが、見ずして見る。ウルは映っているもの、間接的な視覚の陳述、光の中から自ずと現れる形、そのようにして見える言葉と現象に惹かれる。ウルの愛情はそういう種類のものだ。見えるものは固定された現在ではない。それは空や水平線と同じような虚構だ。この夏のある一日、散歩に出たウルは山の斜面の道端で、腰の高さほどまでもある大きなアザミを見つけ、遠くの灰色と緑色、紫色が混ざった麦畑を見下ろした。道端には平たい石を積んで作った羊飼いの小屋と、色の薄い葉をつけた稚《わか》い樫の木が立っていた。昼間は火のように熱かったが、夕刻の長く、甘く、黄金色をした明るさは、一日の終わりを限りなく遅らせた。風が吹いてきて、森のように繁茂した背の高い草が波打った。遠くの丘の緑色は斜面に沿って絶えず濃淡を変化させながら揺れ動いた。青白い石灰岩の絶壁の下の糸杉の木々は槍のように尖っていた。ウルは散歩を続けた。帰り道、最後の鮮やかな青色が鱗粉のように輝く空から雷鳴がとどろいた。向かい側の白く平らな高原の上にオレンジ色の稲妻が水平に光った。黒く、鋭いツバメたちが、緑と金色が混ざり合う空中を低く滑降した。ウルは家の窓を全部開け放って散歩に出かけたので、嵐の倒来を恐れていた。彼女は無意識に自然を畏怖していた。山道の入り口で蛇を見たからかもしれない。蛇はとても長く、黄色みの勝った茶色で、胴体には指輪のように輪になった黒い模様があった。蛇は小道と森の間の境になっている低い、白い石垣の上を、身震いするほど無情な様子で身をくねらせて越えていくところだった。輪の模様が濃い蛇には気をつけなければならないと聞いていた。それはもうすぐ母になる蛇だからだ。しかしウルは素足で熱い土を踏みながら歩き続けた。

ウルは見る。彼女の目はどこから来たのか？　か細く、秘められた、黄色い月を隠したイヌ科の動物の瞳は。ウルは絶えず見ているが、彼女が見るのは一度も会ったことのない〈はじまりの女〉だ。〈はじまりの女〉は毎回姿を変えて現れ、ウルの前を通り過ぎていく。ウルはある顔と出くわした。ウルはバスの中に座って窓の外を眺めており、その顔は歩道を歩いていた。彼らの間の距離は手を伸ばせば届くほどに近かった。バスはスピードを落として停留所に止まり、顔はバスを通り越して歩き続けた。顔は小さくやせており、茶色いしみにおおわれて、熱い灰のようにあいまいに揮発していくところだった。顔はまだ生きているのか？　信じられないが、そのように見えた。顔の上にはある印象が漂っていた。それは静かで動きのない種類のものだったが、といって平和な、超然たる感覚ではなく、口を開けたままでそっと歪んで静かにこわばってしまった、何らかの、最後の、激烈な感情だった。それはどうやっても舌に倒達しないあるイメージを強く連想させた。しばらくしてついにウルの頭に浮かんだのは、長い灰色の髪の毛がついた骸骨だった。ウルはそれが一度も会ったことのない〈はじまりの女〉であると信じた。

　ウルは見る、しかしそれはしばしば言葉では形成されておらず、彼女が自分の見たものについて描写すると、まるで目を閉じた人の巨大な肖像画が遠い水平線の上に浮かんでいるところのように聞こえる。彼らが初めて一緒に夜を過ごした日、ウルはＭＪに言った。昨夜、私たちは見知らぬ国に旅立ち、それぞれ違う三つの様式の建物から成る、古びた長期宿泊用ホテルに泊まりました。もちろん夢の中でです。それで私は今日、あなたに会いに来ました。来ないではいられなかったからです。どうしても、どうしても、来ないわけにいかなかったからです。

夢の中のホテルで私たちは、どういう理由からか男女別々になっているドミトリールームを借りたのですが、翌朝になってもあなたが来ないので、私は男性用ドミトリールームを探すためにホテルの建物をくまなく探し歩いたけれども見つかりませんでした。器、帽子、尖った角、瞳、獣たち……すべての形と色彩が、甚だしくは匂いさえが現実よりいっそう生き生きして明確でした。ある部屋のドアを開けると、四方すべてが黒い鏡で囲まれた室内には二人の男がいましたが、一人の男は蚊帳が吊られたベッドで眠っており、もう一人の男がベッドに座って眠る男を静かに見下ろしていました。座っている男は眠る男と完全にそっくりだったので、顔だけでなく髪型、あらわになった肩や腕、そして体型までも、瞬間的にそれは眠る男の姿が鏡に映っているのだと、鏡に映るものはいつも少しの時差を含むのだから、今鏡の中にいるのはベッドに横になる前の彼だと錯覚するほどでしたよ。しかしそうではありませんでした。座っている男はゆっくりと頭を上げ、私を見て微笑みました。まるで絵で見た涅槃の微笑のように、静かで解放された感じが彼の顔一面に浮かんでいました。でも、彼らはあなたではありませんでしたね。よく見ると眠る男は一人ではなかったのですよ。彼の横で、一人の幼い少女が花模様の下着姿で布団にもぐって一緒に寝ていました。私は男性用のドミトリーはどこにあるのかと尋ね、座っていた男は微笑みとともに、初めて聞く神秘的な外国語で、この建物の裏手にあるガラスのドアを通って階段を上るとまた別の建物が現れるが、そこにあると言うのでした。私はガラスのドアを通って階段を上っていき、インド人のような外見のドアマンが立っているホテルの裏手の別館に入りました。男性用のドミトリーの位置を尋ねると、彼らは関係ないことを言って明らかに私をはぐらかす様子を見せながら、しきりに食堂や共同浴場、倉庫など余計なところを無意味に指さし、それでもあきらめずにあなたのいるところを尋ねたけれども、最後まで教えてもらえませんでした。その間も廊下では渡りの労働者風の男たちが大勢歩き回っていましたが、おそらくそこは長期宿泊者の宿舎であるらしく、大勢の外国人がいました。全体的な雰囲気はちょっと薄汚れて放ったらかしで、かすかな汗の匂いが染みついた合宿所を連想させました。私はあきらめずにあなたについて尋ねつづけました。するとついにドアマンが「彼は話せる状態ではない」と答えました。ということはつまり、あなたが私のところに来られる状態ではないという意味でしょうか？　最初に感じた不安が重たく私を包み、もしかしたらここであなたを永遠に失うかもしれないという予感がしたんです。私は建物全体を歩き回ってあなたを探そうとしましたが、もうお客が出ていって掃除が終わった部屋には、長い柄のついた雑巾やバケツなど清掃員が残した痕跡があるだけで、あなたの姿はありませんでした。仕方なく私は部屋に戻ってきたのですが、それは一人で泣くためだったのですよ。あなたは今、話せる状態ではないというドアマンの言葉だけが不思議にこだまして、私の耳元にいつまでも残りました……。そして私はそのときになって初めて自分が、本当に真っ赤な、真紅のワンピース姿であることに気づいて驚きおののくのです。一度も着たことのないような真っ赤なワンピースでした。ところで、ホテルでしきりに私の横を行き交っていた人々の中の一人が、まるでスパイが途方もない秘密を伝えるように、私の左の耳に向かってそっと身をかがめ、ささやいていたことを思い出します。「ムスタンに行かれるのですか？　それなら私たちに電話してください」。そしてその人はあっという間に姿を消してしまったので、私は何と答える暇もなかったのですよ。私はムスタンという国を知りません。それはひょっとして都市の名前でしょうか？でも私には新しい都市が必要ではありません。私はさっき新しい都市を発見しましたから。私にとって新しい都市とは、MJ、あなたです。高い城壁に囲まれ、経典と祈禱によって保護されている、冷たくて古い、しかし驚くほど神秘的な隠者の都市。

だが、ウルは夢の終わりについては話さなかった。夢の終わりで、彼女はある川沿いにいた。水の色は黒っぽく、川床が見えない川は巨大な蛇のようにうねりつつ流れ、川辺には草一本生えておらず、岩石だけが広がっていた。黒い顔の無表情な女たちが、川の水の中で派手な色彩の大きな生地を洗っていた。石を運ぶ子供たちがいた。竹かごに石をぎっしりと詰めて頭に載せ、山上にいる仲買人たちのところへ運ぶのだ。川辺には死体を火葬するための大きな薪の山があり、まわりには衣類や香、死者のために切り取った髪の毛、死者の持ち物を入れた色とりどりの袋、マッチやガスライターが散らばっていた。川の上の道路では、バスが煤煙を吐きながら無秩序にもつれ合って走っていた。走るバスから男の車掌が外に上半身を突き出して行き先を叫ぶと、バスが停まってもいないのに人々が走ってきて、危なっかしくバスのドアにぶら下がった。スクールバスとバイク、タクシー、托鉢僧や牛が通る道の真ん中に犬が横たわり、眠っていた。火葬場のそばで赤い袈裟をまとった僧侶たちが祈りを捧げていた。火がつけられた薪の山からは風が吹くたびに黄色い煙と黒い灰が立ち上った。石を運ぶ子供たちがかごを頭に載せて次々と薪の山のそばを通り過ぎた。女たちは洗濯した派手な布地を大きな岩に広げて乾かしていた。川の向こう側には白い雪におおわれた高い山が聖なる完璧な対照を成してそびえ立ち、これらすべての慌ただしい生と死を静かに見下ろしていた。ウルは薪の山に近づき、燃えている死体の足に濃い赤の毛糸の靴下を認めた瞬間、理由は説明できないが、それがＭＪであることに気づいた。いがらっぽい、きつい匂いが漂ってきて、黄色い煙がウルの体を包んだ。ウルは燃えたいという渇望にとらわれた。頭の真上を小型飛行機が低く通り過ぎた。死者を乗せてムスタンに行く飛行機だと、ある見えない声が言った。すべての修行者はムスタンで火葬されることを望むから。「ムスタンで」とその声はくり返した。「ムスタンで」

その瞬間ウルは眠りから覚め、目覚めると同時に、長い間ためらっていたある考えをついに実行に移すと心に決めた。その日すぐMJに会いに行くと。もうずいぶん前からMJの視線が、MJが見せるすべての身振りが、自分への求愛であるとわかっていたが、そしてウル自身もまたすでに決意を固めた状態だったが、今まで行動を保留していたのだ。だが、ウルの胸がどれほど爆発しそうになっていたことか。ウルは誰にも何も言わなかった。なぜなら、なぜなら、それは一生に一度だけ与えられる唯一の事件だから。誰にでも必ず一度そのような瞬間が、誰にも二度は体験できない瞬間が迫りくると、他のすべての人々と同じようにウルもまた知っていた。だが、今この瞬間がまさにそのときであることを、果たして人はどうやって確信するというのか。唯一だということは秘密を意味した。外部に向かってはもちろん、運命の当事者にさえ知られていないために、秘密のまっただ中で人はしばしば秘密の欠乏に苦しむ。驚くべきことにMJはただの一度も直接ウルに言葉を使って伝えたことはなかった。「私に来てください」。ウルも一度も言葉で答えたことがなかった。「あなたに行きます」。だが今や、彼らがずっと前から予感していたことが行われる。ウルが彼に行く。そうしなければ、理由は説明できないが、MJが死ぬかもしれないと感じるためだ。

画家はまるで犬のようにものを見なければならない、とセザンヌは言った。じっと、そして同時にほとんど顔をそむけながら。

ウルは見る。遠くから、ウルを見る。

たびたび、予想できなかった瞬間にウルの目は歌を見るときがある。例えばウルは今朝、寝たという感じが全然しない状態でベッドで目を開けた。ぜんまい時計がカチカチと音を立てて動いていた。目を開けた瞬間ウルは思った。今日は偉大な日だ、今日は……葬式が行われる予定だから。ウルは一千万人が住む都市で生まれ育った。一千万人の中の一人であるウル、だが今日、ウルは葬儀に行かないだろう。ベッドから出てコーヒーを飲みリンゴを半分食べ、シャワーを浴びて服を着て、長い緑色のコートを羽織って家を出た。いつもなら朝、文章を書くために仕事場に行くのだが、今日はそうするつもりはなかった。ウルは今日一日仕事もせず文章も書かないだろう。一千万回の葬式と変わりのない一つの葬儀が行われる日、一千万の他の日と変わりのない偉大な今日、彼女は、まるで黄色い瞳を持つ黒いイヌ科動物のように一日を生きるだろう。静かに、そして同時に顔をそむけながら。彼女は今日、地上を足で踏むことはないだろう。まるで鳥のように。今日彼女は、そうだ、もしかしたらムスタンへ、それが何であれ、行くだろう。洗濯する女たちと石を運ぶ子供らと燃える死体と次々にすれ違って、真っ赤な服を着てムスタンに飛んでいくだろう。それが何であるかによらず、唇から血を流しながらそれを発見するだろう。地下鉄の駅で映画の広告を見て、ウルの足取りは自然に映画館へと向かった。映画館に行く途中で偶然に視線をめぐらし、ある店を見ることになった。それは楽器店であり、楽器の中でも特に民俗楽器や古楽器類を並べている店だ。いちばんたくさんあるのは何種類ものアフリカ産の太鼓だった。その他にも二弦の馬頭琴、マンドリン、先の曲がった胴の丸いリュート、木や金属で作られた笛、小さな口琴をはじめとするケルト族のハープ、古代のアコーディオン、大きな銅鑼などがあった。ウルは陳列棚の不思議な楽器にしばらく心を奪われていたが、店の奥で白髪の女性が見知らぬ楽器を演奏しているのを見た。緑色のコートを着た女性の膝には二つの大きな金属の丸い盾をくっつけたような楽器があり、女性は手のひらと指でその表面をリズミカルにかすめるように叩いて音を出しているらしい。盾の表面には規則正しい丸い溝がつけられていた。それはウルが初めて見る楽器だった。女性が腕を大きく動かすたびにコートの広い袖口がはためいた。その動きはほとんど踊りのように見えた。ウルが女性を眺めているうちに、女性は歌いはじめた。両目をほとんど閉じたまま、奇怪にも顔をわずかに歪め、口を大きく開けて、メロディをつけた言語で話しはじめたのだ。声は聞こえなかった。しかしウルはすぐにそれが歌であることに気づいた。あるいはそれは歌の原始的な形、朗唱だった。女性の口はウルに向かって大声で朗唱するように歌い、ウルは女性の口が動く様子を見守りながら、自分でも気づかないうちにそれを真似した。するとウルの口からはひとりでに、メロディーのない歌が詩のように流れてきた。

　あの遠い故郷の空　稲妻が光り
　父も母もずっと前に死んだ……

歌を歌っているうちに、ウルにはふとある疑問が浮かんだ。私もあの女性のように老いるのだろうか？　ウルは自分が老いた姿を想像してみた、するとガラス窓の中の白髪の女性の顔がもはやよそよそしくなかった。不思議なことだ。ウルは二十九歳であり、まだ一度も老年を自分に近いものとして感じなかった。老いるとは何だろうか。それは、まさか、一種の踊りだろうか？　あれほど老いた姿になっても、私はまだ私自身だろうか？　そしてその日、私はどこにいることになるのか？　ウルは思わず片手を頬にやった。その様子が楽器店の窓ガラスに映り、ウルの顔が中で演奏している白髪の女性の顔と瞬間的に重なった。いや、初めからそれはウルではなく、白髪の女性の顔だったのか。そしてその日、私は死ぬのか？　こんな疑問が浮かぶとは、本当に不思議なことだ。けれども今日は偉大な日なのだから。かすかに反射する窓ガラス越しにウルは微笑んだ。いや、それは、ウルではなく白髪の女性の微笑みだったのか。映画館で、

小学校の教室より小さな上映館には人がほとんどいないようだった。映画はジョナス・メカスの、ウルの記憶が正しいなら何日か前に彼が九十六歳で死亡したという記事を読んだのだが、『リトアニアへの旅の追憶』だった。だがウルは席につくや否や激しい疲労を感じて目を閉じ、おそらくそのまま死んだように、ほとんど意識を失ったようになっていたため、映画を見ることはできなかった。昨夜飲んだ一粒の睡眠薬が、しかし昨夜何の役にも立たなかった睡眠薬が、一歩遅れて効力を発揮したようだった。きわめて短い一瞬、ウルの重いまぶたが持ち上がるたび、断続的な切れ切れの画面と文章が無意識の内面に向かって響いてきた。私が子供だったころ、黒い服を着て白い布を頭にかぶって墓地を離れていく老いた女たちは鳥のようだった。秋の終わりの悲しい鳥たち。彼らの生は悲しく、むごく、彼らは悲しみに泣きながら野原の彼方へと飛んでいった。

まるで、鳥のように。

ずっと前に初めてジョナス・メカスの映画を見た後、ウルは彼に短い手紙を書いた。ウルは自分が発見したと信じているある美しさについて何行か触れた後、形式的な終わりの挨拶もなしに、ところで美しさとは何でしょうか？　という質問で突然手紙を終えた。返

事を期待したわけでは全くなく、自分自身への質問のような言葉だったが、驚いたことに、一か月ほどして彼からのはがきを受け取った。彼はウルの質問に対してふと思い浮かんだ答えを伝えるためにはがきを送るというのだった。

彼は書いていた。「美しさとは後悔することです」

それでおしまいだった。説明も、形式的な挨拶もなかった。そのときウルは目を閉じたままで美しさを理解した。愛、

ウルは愛を見る。ウルは目を閉じたMJの顔を自分の両手で優しく包み込み、自分の胸に当てた。私の心臓の音を聞きなさい、と言った。私はこうやって生きているのだから。それと、あなたにあげるものがある。ウルは自分で編んだ赤い毛糸の靴下を贈った。ウルは彼と恋に落ちた後、自分で毛糸の靴下を編みはじめた。それは無謀な試みだった。ウルは生まれてこの方、編み物どころか裁縫さえしたことがなかった。職人のような根気もなく手先も器用ではなかった。模様の入っていない毛糸の靴下は——模様を編み込むにはウルの持っていない高度の技術が必要だから——ちらっと見ただけでも下手だということがはっきりしていた。編み上がったものはでこぼこで編み目が粗く、足首の部分は目が詰まりすぎて厚く、果たして足が入るのかどうか疑わしい上に、左右の大きさも違っており、さらに膝まで来るほど不要に長かった。ウルが編み物の参考にしたのは、フリーマーケッ

トで買った『冬の狩人のための靴下作り』という編み物の本だった。

MJが言った。愛は、相手の幼いころに回帰してそれをともに体験しようとする欲望であるから……でも私には幼いころの記憶がない、とウルが答えた。

映画館を出ると、白い煙がウルの視界をおおった。ウルには何も見えない。鼻をつく濃い、いがらっぽい匂い。オリーブの木の脂《やに》が燃える匂いだった。ウルは一歩後ずさりした。熱く白い煙が彼女を包む。一人の僧侶が、火をつけた脂をいっぱい入れた香炉を持って通り過ぎたからだ。香炉から立ち上る脂っぽい煙は吐き気がするほど強い匂いを放ち、ウルはしばらく精神の混迷を感じた。ウルは自分でも気づかないうちに僧侶の後を追っていた。そうせざるをえなかったのは、一瞬ではあるが立ちこめた白い煙がウルの視野を遮ったとき、ただ黄褐色の僧侶の服の裾だけが、ただ黄褐色の脂だけが、まるで何らかの里程標《りていひょう》のようにはっきりと見えたからだ。遠くから鐘の音が聞こえた。重い鉄の撞木《しゅもく》が鐘を打つ音。それは始まりを告げる鐘の音だった。ウルは自分が知りえない何かが迫り来ることを感じた。私は死ぬのか？　ウルは見知らぬ僧侶の腕をつかんで尋ねたい衝動を必死に抑えながら、自分が理解できないという混沌を感じた。おかしなことだ。はるかに遠い星へ向かって素早く散っていく愛があり、真理があり、救いがあった。けれども今日、彼女は葬式に行かない。訃報を受け取ったが、葬式に行かない。なぜなら私はあらゆる種類のパーティーを……私は死ぬのか？　今、震えているあれは蛾の羽根なのか？　いかなる綴りでも記号でも数字でも表記できない、この微細で弱々しい薄い膜。しかしウルはたった一度のまばたきで、残忍にもそれを引き裂いてしまう。僧侶が香炉を振り立てた。ウルは依然として前が見えないほど立ちこめた煙の中で僧侶の後を追って歩いた。「私は意識を失ってない」とウルは思った。「単に目が見えてないだけ」。そしてすぐに思った。「でも、もうすぐ意識を失うことになるのだろう。私には幼いころの記憶がない」。ウルはしばしば自分が赤ん坊ではなく、極端に早い年齢で生理が始まる少女の体を持ってこの世にやってきたと感じる。人間は記憶とともにあるとき初めて生まれると、そう信じている。最初の記憶、それは血とともに始まった。

ウルが見るのは何らかの場面だ。記憶が始まる太初の場面があり、それは今でもはっきりわかっていることだが、ある日の夕方の学校だった。それはまるで別世界に通じるドアのように、今もしばしばウルの目の前に、無意味だが驚異的なほど荘厳に浮かび上がる光景があった。黒いツバメたちが日暮れどきの運動場の上を、短く鋭い矢のようにヒステリックに飛び回っていた。ツバメたちがひと声上げる叫びが、がらんとした学校の運動場に満ちていた。ツバメたちの滑降はますます速く、ますます低くなっていき、ついには短く固いツバメのくちばしが、運動場の地面に座っているウルのまつげをかすめそうなほどだった。西の空で重い層を成している濃い雲の縁は、薄いバラ色と青っぽい灰色、茶色と黄緑色が混ざってぼんやりと光っていた。水の中にいるように空気は熱くて重かった。ウルは手を上げて手のひらをよく見、まぶたの上の砂粒を払い落とした。口蓋からは鉄と埃の味が感じられた。細かい雨粒が何滴か落ちて止み、ウルはゆっくりと立ち上がった。ウルが座っていた地面には、その日の午後ずっとウルを苦しめたことが明らかな赤い黒い跡が残っていた。それが自分の体から出たという事実がウルには納得しがたかった。下着についた血の跡はたぶん、石鹸でこすれば取れるだろう。ウルは床に置かれた通学かばんを取り上げた。雲の下に広がる、低く平らな山の上にオレンジ色の閃光が光り輝いており、屋根の低い砂色の家々が、鏡に映った卵の山のように現れた。ウルはその稲妻の中に自分の家があることを知った。そして、自分は今そこに行かなければならないということもわかった。あの遠い故郷の空　稲妻が光り、父も母もずっと前に死んだ……。

　目が見えないことはウルにとって未知の経験ではない。幼いころ、ある日突然目が見えなくなったウルは、塀を手探りしながら長いこと歩いて家に帰った。塀は熱く、犬たちがウルに寄ってきて体の匂いをかいだ。幼いウルはこれを死だと思った。見えるものは存在するものであり、その反対が死なのだろうから。ウルは見ることのできないものと見えないものの違いが区別できなかった。一つの瞳が見る。それは一つの瞳が他の何かによって見られていることを意味した。ウルは何も見ない、すなわち何もウルを見ない。透明な黒い水のような失明は一日じゅう続いて夜の間に消えた。その夜、ウルは電気が消えた室内にいた。ドアのすき間から外の光が細く差し込んできた。二人の人がドアの外に立っていた。一人の男と一人の女だった。ウルは声でそれに気づいたが、彼らが誰なのかはわからなかった。遅すぎた、と男の声が言った。私たちはどうせ遅れる、と女の声が言った。彼らはじっと立っていて、しばらくしてその場を去った。ウルは遠ざかる足音を聞きながら、彼らは電車やバスの時刻表の話をしているのだと思った。

ウルは見るように愛する。遠くから見るという方法で、どんどん遠ざかっていくという方法で、永遠に迂回するという方法で、ただ遠くで光るそれに向かって短く瞬間的な一瞥だけを与えて流れていくという方法で例えていうなら、遠くに船がある。皆、そのことを知っている。だが誰も船については語らず、黙って恐れ、百合のように白く長い海岸を散歩するという方法で、誰も船については語らず、百合のように白く長い現実を生きつづけるために死力を尽くす。ただ黙って顔をそむけるという方法で、瞳のない暗黒が見るという方法で、一時的で透明な失明、つまり暗黒であるかのように、暗黒の中の黒いリンゴのように、ただ暗黒であろうとして、まるで暗黒の側から見るように。他の道はない。ウルは目を閉じて思いの中に吸い込まれていく。

ウルは過去を見る。記憶とは過去を見ることだ。私たちが記憶するという行為は、初めて過去を見ることだ。ウルが何も見ない目であるとき、暗黒がウルを見ている。稲妻が走る瞬間、私たちは両手で目をおおう。目から手を離すとすべてが終わっている。この夏、セミの鳴き声が小止みなく聞こえてくる明るくて長い長い夕方、散歩から帰ってきたウルは手紙を読む。熱く乾いた砂混じりの風が吹きすさび、古い木の窓枠はいっせいにキイキイと音を立てて揺れている。素足に触れる庭の砂利は短いナイフのように尖っていた。ウルは永遠に足を引きずる。庭の傘松はアリで真っ黒におおわれる。散歩を終えて家に帰ってくると、郵便受けにはＭＪからの手紙が二通入っていた。ウルは庭に置かれた蜜色の壺の横の石段に座り込んで手紙を読む。真昼は火のように熱く、夕刻の長く、甘く、黄金色をした明るさは一日の終わりを限りなく遅らせていた。紫色の雲が長々と通過していく空に黒いツバメたちが飛びはじめた。日に焼けたウルのむき出しの肩の上に斜めに降り注ぐ夕方の熱い日差し、セミたちの声、足元でかさかさと音を立てる砂利、桃色の目でウルをじっと見つめ、石のすき間に消えていった黄緑色と茶色の混じった小さなトカゲ、いまだに黒々として鮮明な影たち。二通の手紙を読み終えたウルは、しばらくその場にじっと座ってセミたちの声を聞いていた。誰も気づかないうちに、青い水に混じった黒インクのように夕闇が庭に澱んでいった。ツバメたちはさらに速く、低く滑空した。台所の窓枠のところに置いた白い花瓶の中で、紫色の乾いたアザミがひとりでにうなだれた。ウルは二階に上がり、荷造りを始めた。

「車に乗って高速で走っていると、ときどきちらっと視野をかすめて消える美を発見しますからね」とジョナス・メカスは映画で語った。「ところで美しさとは何でしょうか？」形式的な挨拶もなく、ウルが尋ねた。「美しさとは後悔することです」と彼が答えた。形式的な挨拶はなかった。彼らは死ぬ日まで一度も会ったことがなく、知り合いでもなかった。偉大なる今日、

温かな冬の日だった。葬式に行くつもりのないウルは、香炉を持った僧侶がいなくなり、香炉の煙が消えた後も道の真ん中にずっとぼんやり立っていた。人々は花を買うだろう。それを思い浮かべると同時にいきなり、ウル以外のすべての人々が手に白い花を一りんずつ持って歩いていた。吐き気を感じたウルはちょうど目の前に止まったタクシーに即興的に乗り込み、自分でも気づかないうちに口から飛び出した町の名前を言い、穏やかな、かすかに光のさす冬の日、街角を一匹で歩いていく黒い犬を発見するとすぐにタクシーから降りてしまった。犬の長くて細い体はしみ一つない完全な黒だった。健康そうに見えたが犬には左耳がなかった。犬が振り向き、黄色く丸い目でウルを眺めた。まるで水の中から出てきたように犬は体をぶるぶる震わせた。足元の草は踏みにじられ、剝ぎとられ。それ

は〈はじまりの女〉が通っていった場所だろうか？ ウルは黒い犬が見ているのを見ている自分の目を感じた。水の中のように広がっていく透明な闇は失明の兆しでもあった。ウルは僧侶の後を追っていた足取りもそのままに犬を追いはじめた。彼らは長いこと歩いた。しばらくして犬が道端の商店の前にうずくまったとき、ウルは店に入って水と缶詰を買って犬に食べさせた。犬は首を少し横にそむけた姿勢でそれを食べた。缶詰を食べている犬を眺めていると、ふと、知っている誰かの顔と混同するほど似ている気がした。犬に丸いつばがついた黒いフェルト帽をかぶせ、黒いコートを着せたなら。だが、それが正確に誰なのかは思い出せなかった。ウルが知っている顔は多くなかった。彼女は人を名前や顔ではなく声と言葉で、そしてその人の無意識の踊りによって記憶する方だった。犬は吠えなかった。一度も吠えなかった。ただ自分のちぎれた耳を舐めようとしているみたいに舌を突き出し、頭をしきりに上へ上げたが、消えた耳には永遠に届かなかった。

食べ終わった犬は起きてまた歩き出した。犬は周囲を全く気にせず、まるでウルを導くような態度で歩いた。そこは下町だった。年を経て古びた雑貨店や、廃業して崩れかけた木工所のある埃だらけの道路には人の通った痕跡がなかった。道端にあるのは枯れた草、古びた旧式の自転車、そして長い塀だけだった。塀はある学校の囲いだったが、犬は少しの迷いもなく、がらんと空いた学校にいきなり入っていった。校庭は何の音もせず静かだった。ベンチがいくつか見えた。ウルは足が痛かったのでしばらく休もうと思った。赤レンガの四角い建物と別館、役所と幼稚園が混ざったような感じ、どこでもよく見かけるやせた冬の灌木、そこは下町の学校だった。犬は運動場の真ん中にうずくまった。そして静かに前足を舐めはじめた。

ところで学校はどこにあったのか？　ウルは学校を見る。冬の午後の日差しは透き通って弱々しく淡かった。今は休み中なのでどの教室の窓も閉まっており、授業をしている教師の姿も見えない。ところで学校はどこにあったのか？　この都市のどこかに学校があった。ウルは幼いころずっと朦朧として（鈍重で）、言葉が遅く、数字やお金、時間の概念を全く理解できなかった。ところでウルは犬を飼ったことがあっただろうか？　他の犬ではなく、「ウル」という名前のその犬を。ウルは運動場の真ん中にうずくまった黒い犬を見守りながら、あれは自分の最初の犬かもしれないと思った。ウルは犬に今さらながら名を贈る。お前に名前をあげるよ、ウル。ウルはウルを見る。ところでウルはいつ生まれたのだろう？　歌は予言だろうか？　ウルは愛を見る、ウルは……ウルはウルが見ているものだ。場所について言うなら、ウルは去年の夏の二か月間ずっと一人で泊まっていたＭＪの田舎の家を二度と懐しく思い浮かべない。そこでの最後の日、ウルは予定されていたＭＪの訪問の代わりに彼が出した二通の手紙を受け取り、庭の階段に座り、素足のままで彼の別れの手紙を読んでいる間に夜と闇が訪れた。その夜、寝室の窓の外に見える白くて平らな山は、青っぽい光の中に長々と横たわった巨大な女の体のようだった。ウルは麻痺しており、巨大な無感覚がウルの精神をとらえた。庭の傘松ではセミが鳴いていた。当然のことだがウルは眠ることができなかった。睡眠薬を一錠、そして二時間後にもう一錠飲んだが無駄だった。本を開いても全く内容を理解できず、一時間以上も同じページで止まっていた。ウルはベッドから立ち上がり窓ぎわの机の前に座った。横たわっている巨大な白い女。そして星たち。いつの間にかウルの手はひとりでに文を書きはじめた。自分の手から出てくる文章を、ウルは見知らぬ、驚異的なもののように眺めた。頭の中はほとんど空っぽだが止める方法はほとんどなく、ウルは書きつづけた。何に関する文章なのか、どんな形式の文章なのか自分でもわからなかった。もっといえば、ある文章はウルが理解することさえできなかった。日記や手紙のようでもあったが、実は特定できない未知の声をウルが書き取ったのに近かった。その日、ウルが書いた最初の文章は、彼女があるとき受け取ったはがきに書いてあったものだ。美しさとは後悔することです。意見、方向、希望、意志、意図、信念、主義を持たずウルは書きはじめた。意識を失ったまま、睡眠薬でくらくらしながら、眠っているのでもなく完全に目が覚めているわけでもない未知の精神状態でウルは書きはじめた。おお、私は何になるのか？　その日の夜ウルは存在せず、ウルが書く文章だけがあった。巨大な女の白く扁平な体を眺めながらウルは書きはじめた。その夜ウルは書きはじめ、書きはじめることを永遠に止めなかった。生きるために書くという言葉は事実だ。言葉は生に先立って歩み、そうやって生を発明してゆくのだから。そうでなければもうこの先には空っぽの時間という形式が残るだけだろう。書いている途中、ウルは下の階の台所に降りて紅茶をいれ、砂糖を入れて飲んだ。ウルの動作は急がず、機械的に落ち着いていた。ラズベリージャムを塗ったパンを一切れ食べたが何の味もせず、残りをゴミ箱に捨てた。そして書き直していった。自分の書くものが何なのか、ウルには依然として全くわからなかった。書いている文章のすぐ次の文章が何になるかウルにはわからず、もっといえば単語一つ、スペル一つさえあらかじめわかっていない状態で、ウルは取り憑かれたように素早く文を書いていた。コップの縁に蛾が飛んできてとまった。そして、ウルの瞳のそばを飛び回った。ウルのまぶたに灰色の鱗粉が落ちた。しかしウルは蛾を見なかった。ウルは遠くにいたからだ。ただ遠くにだけ、ウルはいた。もしもいつかこの文が完成するなら、ウルはこれを遠くで書いたといえるだろう。遠くで、自分自身をも先取りして。文章を書いていてふと立ち上がり、台所や寝室、庭、階段をゆっくり歩き回ることもあった。素足で庭の砂利の中に足を踏み入れるとき、真昼の熱気で焼けた砂利はまだ熱かった。この家に到着して以来、ウルは散歩に出かけるときさえ一度も靴をはかなかったので、足の裏はもう厚く固くなっていたが、それでも足の裏が傷つくことは珍しくなかった。頭を上げると二つの真っ赤な花火が点滅しており、それは傘松の枝に止まっているミミズクの目だった。ウルはよろよろと庭を歩いた。庭の階段に腰かけて空が明るくなるのを見守りながら、文章を書きつづけた。知りえないことについて。ただの一度も出会えなかったことどもについて。ハンカチを水で濡らし、かっと火照った目と傷ついた素足を拭いた。庭できれいな形をした砂色の小石を一個拾ってポケットに入れた。そしてシャワーを浴びた後、前日に荷造りしておいたかばんを下の階に運んだ。コーヒーが沸く間にベッドを整え、浴室を掃除し、布団カバーと洗濯物を台所のテーブルに載せておいた。コーヒーをカップに注いで飲んだ。洗い終わった食器を台所の食器棚に入れ、冷蔵庫を空にし、残った野菜をゴミ箱に捨てた。買い物バッグを元通り壁にかけ、最後に窓をすべて閉めた。ゴミ箱を裏庭のコンテナに空け、鍵は門の郵便受けに入れた。ウルはかばんを引いてバス停に行き、二時間待ってから駅に行くバスに乗った。行き先を問わずいちばん先に出発する汽車に乗り、車掌から切符を買った。車窓に頭をもたせて座っていると、おなかが空いた気がした。コーヒーも飲みたかった。ウルは食堂車に行き、メニューを見て、黙って子牛のカツレツを指差した。肉は薄っぺらで、表面は熱い油がじっとり滲みていたが中は固くて冷たかった。それでもウルは落ち着いて座って肉を切り、口に運んだ後、当然の、しかし偉大な任務を遂行している人のように真剣に嚙み、飲み込んだ。不快な脂の匂いが吐き気を催させた。しかしウルは表情さえ変えなかった。昼食の時間が過ぎ、食堂車の客はウル一人だった。車窓の外では黄色い菜の花畑が、ぞっとするような高層ビルが立ち並ぶ都市の郊外が、緑の川と橋と牧草地が入れ替わり立ち替わり通り過ぎていった。ときおり突発的な暗黒が車窓をすっかりおおい、窓ガラスにはカツレツを食べるウルの姿がはっきりと反射した。長い長いトンネルが始まった。ウルは突然押し寄せた強い疲労感にめまいを感じた。顔を上げていることが不可能なほどの疲れだった。昨夜飲みすぎた睡眠薬が突然効力を発揮したようだった。ウルは食べていた皿を押しやり、その場で食卓にうなだれて気絶するように眠りに落ちた。意識を失う前、最後にウルは自分の額が食卓にドンとぶつかる音を聞いた。

場所についていうなら、ウルは都市の子だ。都市はもちろん狭くて複雑で汚染されており、機械的で表面的で、ときには破廉恥で浅薄だが、それでもウルは都市が好きだった。自然が明白で単調な象徴だとすれば、都市はその背後に潜む多層的な感情だったから。充分だろう、都市のはずれの匿名の住宅街、樹木の葉は乾燥して干からび、明るくそして衰弱した日差しの中の冬の日の午後、すべての濃度が貧弱で、どこか遠くへ向かって薄まっていき、溶けてしまうこの一日、すべての者の記憶から抜け出し、冷たくこごえた道をゆっくり歩いて学校に近づくことさえできるなら、がらんとした学校の校庭のベンチに座っていることさえできるなら。だが特定することのできない場所、そこはウルの学校だろうか？

どこかでドアが開き、二十人ほどの子供の群れが校舎から突然あふれ出てきた。子供たちは笑い、ぺちゃくちゃしゃべり、のどが張り裂けるほど叫びながら、盛んに手足を振り回しながら、走ったりジャンプしたり、しゃがんでいたかと思うと急に立ち上がったり、その場で足を踏み鳴らしたりしながら、ウルが座っているベンチのすぐ前を通り、ウルには全く関心を向けず、あっという間に校庭から出ていってしまった。まるでけたたましい太鼓と笛とカスタネットで武装したサーカスの楽団が、最大限度にうるさくて難解な即興曲をほんの一瞬演奏して消えたかのようだった。ただ匂いだけが、甘ったるいと同時に汗の匂いのような酸っぱい悪臭、子供たちの股の匂いだろうか、それとも単なる生命の血なまぐささか、幼年時代の匂いなのか、ただ匂いだけが残った。いつの間にか犬の姿も見えなくなっていた。だがウルは一人ではなかった。グラウンドの真ん中のまさに犬がいた場所に、黒いコートを着て黒いフェルト帽をかぶった若い男が立っていた。校庭を出ていこうとしていた彼はベンチにいるウルを発見するとぴたっと立ち止まったのだ。男は深く考え込んでいるようにしばらくじっと立ってウルを見た。そして突然、まるで今まで地面にうずくまっていたかのように、手でコートの裾の埃を払う身振りをした。そしてわずかにためらいながら、ウルに近づいてきた。

この学校に通っていたようだと、ウルが先に彼に話しかけた。自分はこの学校に通っていたらしい、あまりに変わったので確信が持てないが、この学校に通っていたようだと。それでふと入ってみたかったのだと。

だとしたら、私たちは知り合いなのだと思う。そうだろう？　ウルの言葉を聞いた男は急に明るい表情になってそう答えた。自分もこの学校を卒業し、それでウルを見たときはっきりと、知った顔だと思ったが、なぜ知っているのか思い出せずに迷っていたと。ウルは、たぶんそうだろうという意味でうなずいた。そして言った。「私はウルだよ」。すると男はウルの隣に座った。そして腰を前にかがめ、両の肘を膝に載せて両手を合わせた。それが歓喜の姿勢であることにウルは気づいた。ウルにも、心臓が激しく動きすぎないよう、両肘で膝をそっと押さえていなくてはならない瞬間が何度もあった。子供たちの消えた校庭は再び静寂を取り戻した。すでに日はかなり傾き、空気は冷めてしまった鍋のように冷たかった。今にも粉々に砕けてしまいそうな、危なっかしい一月の午後の最後の日差しが彼らの瞳と頬を斜めに照らしていた。学校の裏の丘の上の空はほとんど色がないほどぼやけて、ごく薄い桃色の雲が一つ、濃褐色の湿った枝を広げた落葉松の上にとどまっていた。

男がウルの方を振り向きながら、ためらうような、しかし喜びを隠せないはにかんだ笑みを浮かべてみせた。そして確認するように、もう一度尋ねた。「そうだ、君はウルだと思う、そうだろう?」緊張しているせいか、男の口元がけいれんのように震えているのが見えた。ウルもそちらに向かって微笑で応えた。ウルは驚かなかった。ウルはときどき自分を知っていると主張する人々に会った経験をしていたからだ。ウルと出くわすと彼らはみなあっと驚き、当惑し、ウルの中指の先と服の裾をためらうように触りながら、髪をかすめるように撫でながら、そのたびウルの知らないウルの話を聞かせてくれて、まるで逃げるように、あわててどこかへ立ち去った。ウルは彼らが誰なのかそれほど知りたくなかったが、彼らの話を聞くのが好きだった。彼らが知っているウルが本当に自分なのかどうかもそれほど重要ではなかった。だから誰かが「私の考えでは、君がウルだ。そうだろう?」と聞くと、そうだとうなずくことが多かった。そう、彼女がウルであることは事実だろうから。彼らのうち誰もウルに、自分を知っているかと聞かなかった。彼らのうち誰もウルに、自分は誰々だと言う人はいなかった。

そのようにしてウルは見る。ウルは初めて過去を見るが、それは他人の目を通してだ。

一緒に学校に通っていた彼女に学校でまた偶然会うとは信じられないと、男は情熱的な感動を隠すこともできずにそう言った。自分はその学校の教師だと言った。男性教師はずっと前から、かつて自分が勤めていたこの下町の学校を思い出すことがよくあり、バスに乗ってこの学校の前を通るたびに窓から学校の建物と教室の窓をしばらく眺め、人気《ひとけ》のない冬の校庭を見下ろすためにわざわざ学校の裏の丘を散歩することもあった。雨の降る校庭を見下ろすためにわざわざ学校の裏の丘に上ることもあった。そうやって見下ろした校庭は、他の学校の校庭と変わらなかった。少しも変わらなかった。一日が来ては去り、子供らも来ては去りを反復した。だが、彼の頭の中には誰が作ったのかわからないぼんやりとした物語が一月の霧のように漂っていた。ある日突然学校が跡形もなく消え、誰も学校のことを知らず、まるで学校が初めから存在しなかったかのように、誰も学校の話をしないという学校の物語。場所についていうなら、人には心惹かれる場所がある。校庭を見下ろすたびに、学校がそこにそのままあるという事実が彼を安心させた。彼は成長し、学校はますます小さくなり、ついには驚くほど縮んだ。しかし依然としてその場にあった。彼は大学を卒業して教師になり、自分の初の赴任地としてこの下町の学校に応募した。だがこのように今日ウルと会うことができてどんなに嬉しく喜んでいるかわからない！　今は長期の休みなので彼は週に二回と少し学校に行くだけだが、今日がまさにその日で何と運がよかったことか。あ、彼が学校に行くのは演劇部の練習のためだ。彼は演劇部の担当教師だからだ。

だったら、さっき校庭から出ていった子供たちの群れがつまりあなたが指導している演劇部なのかと、ウルが好奇心を持って慎重に尋ねた。

そうだ、だがあの子たちは今日、同じ演劇部の子の誕生パーティーに全員で招かれており、それで急いでその子の家に行ったのだ。誕生日を迎えた子の家は学校の裏の丘のいちばん高いところにある。間もなく撤去される予定の古い町だ。誕生日を迎えた子は家庭が貧しく父が病気だそうだが、いや、母だったか？　それでも毎年誕生日に友達を招待して誕生パーティーを開くという。ところで誕生パーティーは午後四時ぴったりに始まる。その子がまさに午後四時に生まれたからだ！　誕生パーティーは必ず子供の家で開かれる。子供がまさにそこで生まれたからだ！　母の母と父の母、おばさんたちといとこたち、そして姉妹たちが皆一堂に会する。今にも壊れそうな小さく粗末な家が、人々と親戚、食べものとかご、果物と花でいっぱいになる。おばさんたちは食卓を整えるのに忙しく、幼い従姉妹たちは細い手足を猿のように振り回し、花模様の下着姿で枕を持って寝転がる。平たい尻を密着させて一人用ソファーに一緒に座った二人のおばあさんはこっくりこっくりとうたた寝する。子犬もかごの中でこっくりこっくりする。幼いころの家が丘の上の稲妻の中で音もなくぴかっと光る。突然、母が燃えはじめる。誕生パーティーの蠟燭のように、ゆっくりとゆらめきながら。それが踊りの始まりだ。

ところで実は自分も子供たちと一緒に誕生パーティーに招待されていたと、男性教師が話を続けた。そして、もちろん自分は確約はしていないので絶対に行かなくてはならないわけではなく、とはいえパーティーは長くはかからないだろうし、ウルさえよければ、ウルさえ気が向くなら、二人で一緒に誕生パーティーに行くのもよさそうだと急いで言い足し、子供たちにはウルを、間もなく赴任してくる自分の後任の先生として紹介するつもりだと言った。そして男性教師は、少し心配そうな表情で聞いた。でもウルは、子供たちに嘘をつくことを不快に思うタイプだろうか?

嘘は好きではないが、子供たちにつく嘘が年長者につく嘘よりも嫌いなわけでは決してないと、ウルは答えた。

だがウルはパーティーには行きたくない。あらゆる種類のパーティーが嫌いだからだ。パーティーは、世の中で彼女が最も耐えられないものに属する。パーティーに行かないだけでなく、ウルはパーティーを開いて人を招待することもない。ただの一度もウルは、誕生日や結婚式や葬儀に誰かを招待したことがないし、誰からも招待されたことがない。誕生日や結婚式や葬式、それはパーティーであり祝祭だからだ。こんにちは。ウルはこの言葉が嫌いだ。お会いできて嬉しいです。何てバカみたいなんだろう! あなたの健康を祈ります、ドレスがきれいですね、あなたの瞳は輝いていますね、またお会いできる日まで、等々。いっそ私の足を切ってくれと言おう。私の足を切ってと。私を愛してくれと。私の首を切ってくれと。

そうだ、あなたの目は正しい、パーティーが開かれているホールの壁に寄りかかり、群れから遠く離れて一人でシムノンを読んでいるあの女はウルだ。ウルはパーティーの真ん中にいる。だが、ホールで一人でシムノンを読ませておけば、世の中のどんなパーティーも彼女を完全に殺すことはできない。たとえ彼女がすでに死んでいたとしても！ ところで彼女はなぜパーティーが嫌いなのかと？ こんにちはという、誰にでも通用する硬貨のようなこの言葉が嫌いだからだ。こんにちは、あなたの猫についてお話しましょう。パーティーに招待されるよりむしろ誰も住まわせない家になりたい。パーティーに行くよりむしろ石を投げられる家、畏怖の念を抱かせる醜聞の家になりたい。ウルは一人で家を出て一人で家に帰り、誰も食事に招待しない。さらに祝祭の日にも！ 彼女は狂った馬に乗って疾走するであろうからだ。血まみれの手紙が誤配されたからだ。彼女は電気の消えた家の中に差し込む月光の中で両腕を垂らして一人で座っているからだ。誰もそれを見てはいけないからだ！ 彼女はまだ埋葬されていない死んだ子供であり、自分が知らない名前だからだ。

ではもしかして……彼はこの学校に通っていたときも演劇部だったのかとウルが尋ねた。

そんなはずが。男性教師は当惑したように顔を歪めて笑った。

彼はとても孤独な子供だった。自ら選んだ孤独ではなかった。口数が少なく小心者で、同級生たちとうまくつき合えない方だった。瞬発力もなく、他人にどんな表情を見せるべきか、どんなことを言えばいいのか混乱しがちで、そのため彼の顔はいつも無表情にこわばっていた。家が貧しく、学校が終わると毎日仕事をしていたので友達と遊んでいられる状況ではなかった。学校に通っている間ずっと、自分の名前を呼んでくれた子が一人もいなかったほどだそうだ。孤独。名無し。これが彼の状態だった。

ウルはベンチに座ったまま、そっと爪先を立てて踊る真似をした。よく思い出せないが、ウルはもしかしたらバレエを習っていたのかもしれない。すると男は目を大きく見開いて叫んだ。そうなのか……僕の記憶は正しかった！　君は……君は踊る子供だった。たぶん今はプロのダンサーなのかもしれない。そうだよね？

いや、そうではないとウルは彼の確信に満ちた口調に少し驚いて答えた。ウルは踊る人ではない。踊りは一度もやったことがないし、たぶんこれからも踊ることはないだろう。そしてバレエはおそらく、小学校に通っていたときに学校でやっている無料講習を何か月か受けたのがすべてだ。正式なバレエというにはあまりに拙い動作を何度も真似しただけだったし。体験版として試験的に開かれた無料講習が終わり、有料講座になった後は当然、習うことができなかった。ウルの両親はバレエの講習料を払うほどの余裕がないようだった。もちろんバレエの衣装も買ってやれなかった。その後ウルは一度も踊ったことがない。だが不思議なことに、男性教師はウルを見た瞬間、彼女は踊る人であり、少なくとも踊りと似たようなことをするだろうと考えていた。もっといえばウルはずっとベンチにじっと座っていただけなのに、ほとんど一目で稲妻がひらめくようにウルが踊る人であることを感じ、ウルが踊ることをほとんど確信すらしたが、なぜそのように強く思ったのかは自分でもわからない。

彼らはベンチに並んで座り、じっと耳を傾けた。誕生日を迎えた幼い少女のためのパーティーが始まったのか？　どこからか、誕生日の歌の合唱が聞こえてくるだろうか？

午後四時だね。男性教師は時計を見ずに淡々とそう言った。パーティーに行くには遅すぎる。

私たちはどうせ遅れるだろう。ウルが答えた。

そして、少し前、ウルを後任教師として紹介しようと言ったのは、その意味は、まだ具体的な計画はないが、男性教師がそのうち学校を辞めるかもしれないからだ。もちろんすぐにではないが……いや、ひょっとしたら予想より早い時期に。うまく説明はできないが、彼が自分を一度揺さぶってみたいからだ。顔に強い風を浴びながらどこかへ行ってみたいからだ。地面から少し浮いて空中を歩いてみたいからだ。それが何であれ、初めて、そうしてみたいと思うからだ。

ずっと昔、一度だけそうしたように。まるで、鳥のように。

こう言うと自分を冒険心の強い、夢の大きい、進取の気性に富んだ者と思うかもしれないが、本当は正反対だと男性教師は説明した。自分は夢を持たない人間だった、最初から、とても小さいころからそうだった。前に言ったように、彼は静かで内気だった。本当の気持ちを外に表すことが下手だった。なぜならそれが怖かったから。なぜ怖いのかはわからない。自分は四方が遮られた狭い壁の中で暮らすことに慣れており、そうすることが楽だったと男性教師は言った。彼の部屋には一人の人間がようやく立っていられるほどの空間しかない。彼の部屋にはドアも窓もなく、壁で完全に囲まれていたが、妙なことに天井だけが開いていた。彼の人生は、四方を壁に囲まれた狭くて暗い室内に閉じ込められてじっと立ったまま、夜空のどこかから入ってくる澄んだ美しい歌声を聞くことだ。一生ずっと。動くことすらできない、息苦しいその空間に立ち、黙ってその、何ものにも比べがたい絶対的な夜空を見上げることだ。星たち。一生ずっと。ただ星だけを。冷たい星たちが彼を見下ろしていたのだろうな。孤独。だが彼は生涯でたった一度、それも非常に早い時期に、自分を閉じ込めていた壁を破ったことがある。それは演劇だった。そう、演劇、これについて説明しようとすると少々やっかいだが、幼いころにクラスでやったある演劇に、即興的に、本来は役を割り当てられていなかったにもかかわらず自発的に舞台に飛び込み、参加したことがある。そうだ。彼は本来、劇の出演者ではなかったという意味だ。だから参加というのは適切ではなく、正確には妨害と言った方が客観的に正しいのだろうが、ともあれ参加、妨害、どっちにしても彼の本性とはあまりにそぐわないことだったが、そんなことがあった。ある日授業中に、何がきっかけだったのかわからないが急に教室で始まった子供たちの劇、体が小さいので最前列に座っていた彼は単なる物言わぬ観客でしかなかったが、ある場面で思わず、そんな意図は露ほどもなく、ひとりでに巻き込まれて劇の中へと入っていき、自分でもそうとはわかっていないまま、劇中のある人物になってしまったのだ。そして、台本にもない台詞を叫びながら、即興的に、ある役割の中へと、自ら作り出した人物になって演劇の中へと入ってしまった。

具体的にどんな劇でどんな即興的な役割を担うことになったのか知りたいというウルの質問に、男性教師はわずかに当惑しながら、おそらく自分はネズミだっただろうと答えた。児童劇の多くがそうであるように、動物、特にネズミが出てくる劇だったから。おそらく彼は何匹ものネズミのうちの一匹だったようだ。だが妙なのは、とても幼かったからか、劇についてはそれ以外のことは全く憶えていない、しかもその日、一緒に演じたのが誰だったかも全然わからない、とても幼いときのことだから当然ではあるが、ただ、その劇の中に突然入っていって自然にある台詞を叫び、そこには何らの意図も考えも全然なく、今考えてみても何かに惑わされていたとしか思えず、彼のそんな行動が劇の進行を妨げるどころか、劇を先に進める上で役立ったという事実も変なのだが、いちばん不思議だったのは、正確に何と言ったのかもちろん今は思い出せないが、舞台に飛び込んでいくときにひとりでに彼の口から飛び出した即興的な台詞だ、とうてい自分の行為とは信じがたいその驚異、

一匹のネズミが言った。

遠くにいるから

ウルは遅れて来るだろう

つまりあなたはもう一度演劇をやりたいんだね。それがあなたを揺り動かしているのだね。それがあなたの顔に吹きつける荒々しい風なんだね。激しい風に乗って上っていく凧をつかまえようとしているんだ、とウルが低くささやいた。

あなたに言いたいことを思い出した。実は私は登場人物が一人しかいない戯曲を書いている。何か月か前から、正確にはこの夏のある日の夜から書いていて、最初はそれがどんな形式のものになるか私にもわからなかったが、最近になってはっきりわかるようになっ

た。それは登場人物が一人だけの戯曲だ。いや、正確には二人だが人間は一人だけなんだよ。私はある物語を想像し、それを描きたいと思い、それが劇という形で舞台に上ることを願った。すべては準備され、足りないのは俳優だけだ。私はその演劇のためにずっと俳優を探していた。いや、私は最初からその俳優を探すつもりはなかったんだ。探すのではなく、その人と出くわしたかった。出くわしてからにわかに、この人だと気づきたかったのだ。ただひたすら、そういう方法でその人を発見したいと願っていた。私が書いている戯曲では、俳優に決められた台詞はないので、また特別な演技を要するわけでもないので、初心者の俳優でも、いや、もっといえば舞台経験の全くない人でもいくらでも可能なのだ。私の言葉を信じてほしい。どんな内容かって？　実際、内容というほどのこともないんだ。俳優は原則的に、ただ舞台にいさえすればいい。裸に大きな緑の毛布をかぶり、顔まで完全に隠すのだから、観客と目を合わせることさえない。従って原則的に、俳優の顔、俳優の声、俳優の身動きが何らかの役割を担ったりはしない演劇だ。彼がやることは、手に杖を一本持つことだけだ。背丈よりも長い杖を。それがすべてだ。あ、それと、舞台には彼だけではなく他の演技者がいるけど、それは一匹の犬でもいい。毛が長くて体の大きい、霊魂を食ってしまうという黒いルーマニア産の牧羊犬、その犬の名前はウルだ。

その瞬間、男性教師は不意に、小さいころの衝撃的な経験を思い出した。彼は学校が終わると毎日近所の木工所で掃除と下働きをしていた。ある夜、仕事を終えて店の前の椅子に座っていると突然、同級生の女の子が現れ、そのとき生涯初めて、ある特異な感情を覚えたのだ。その感情は形容しがたいほど不慣れで異様なもので、その中身が何なのかわかりもしないのにひとりでに顔が赤くなるほど秘めやかで、真摯であり、それが何であれ、七歳という幼さで受け止めるには手に余るほど胸に迫る巨大さだった。夜だった。木工所のある広い通りは人影もなくがらんと空いており、一つしかない街灯が黄色くみすぼらしい光を放っていた。少年は見た。一人の女の子が、路地の端から自分に向かって走ってくるところだった。女の子は古いズボンの上に破れたバレエの衣装を着て、頭にはまるで布団のように大きな薄い灰色のショールをかぶっていた。ショールは女の子の髪の後ろに旗のように長くなびいていた。少年はその女の子を知っていた。少年と同じクラスの子だった。同じクラスであるばかりか、少年と同じ机に、すぐ隣の席に座っている子でもあった。だが彼らはまだ一言も話をしたことがなかった。路地で女の子が走ってくるのを見た瞬間、少年は女の子を呼び止めたかったが、そのときまだ彼らが互いの名前も知らないことに気づいた。その女の子が自分に向かって走ってくる。この世に初めて生まれ出たように、少年の心臓が鼓動しはじめた。その搏動《はくどう》する心臓以外、この世全体が静かだった。少年は思わず上体を前にぐっとかがめた姿勢で両手の肘を膝の上に載せ、両手で顔をおおった。激しい心臓の鼓動を抑えるための行為だった。女の子が近づいてくると、少年が灰色のショールと錯覚したものが、女の子の髪の後ろにぴったりついて追ってくる何百匹、何千匹の灰色の蛾の群であることがわかった。走る女の子は口を開けていたが、悲鳴は上げていなかった。顔は奇怪にも少し歪んでいたが、表情には変化がなく、まるで何らかの人生最後の感情を味わった後、そのまま静かに硬直した、長い灰色の髪の毛がついた幼いミイラを連想させた。女の子は少年を見なかった。頭をまっすぐに上げ、視線は正面に向けたまま、両腕を横に広げて少年の前を通り過ぎて走っていくだけだった。女の子の顔が自分の前を通過したとき少年は瞳の中が熱くなり、のどに雷が落ちたようになり、激烈に搏《う》っていた心臓がそのまま停止してしまうのを感じた。彼が同級生の女の子に向かって無意識に「母さん！」と叫びを上げたためだ。彼は叫んだばかりか、ある瞬間に女の子を追って走りはじめた自分を見出した。自分の中にぞくっとするような自分が潜んでいた。しかし女の子は少年の叫びを聞きもせず、少年に気づきもせず、何か違うことで恐怖に怯えているかのように通り過ぎて路地を走っていった。おお、僕は何になるのか？　それでも少年は少女の後を追って走りつづけた。霧のようにたちこめた蛾の群が雲のように彼を取り巻いていき、油気を含んだ美しい鱗粉が彼の目と舌につく。彼は稚《わか》いコヨーテのように息を切らせて蛾の成分を呼吸した。彼は何度も「母さん！　母さん！」と叫んだ。おお、僕は何になるのか？　彼は身もだえし、異様な苦痛を感じ、苦痛よりもさらに悲しみによって目からは涙がほとばしり出た。しかし少年は頭をまっすぐに上げ、視線は正面に向けたまま、ひどく激烈だが何の中身も伝わってこない固い表情で両腕を横に広げた姿勢で走りつづけた。彼は受け入れるのだろう、それが何であろうとも。もしも通り過ぎる誰かが彼らを見たなら、初めはただ二人の子供が隠れんぼをしているところだと思うかもしれない。しかしやがて、何らかの致命的な匂いをかいだように後ずさりして叫ぶだろう、何に触ったんだ、あの子は何を触ったんだ、おお、虫酸が走る！　幼年期は重くて、恐ろしい遊びだった。彼らはお互いを知らぬまま、燃えさかる幼年時代の終わりを目指して一緒に走った。やがて彼らの体は頭のてっぺんから爪先まで、灰色の蛾の群れにからみつかれた。それはまるでめらめらと燃え上がる灰色の火炎に包まれた一つの、一つのたいまつのように見えた。体が完全に焼けて消失する前に、少年は最後の最後に自分に残されたもの、二つの目を閉じた。女の子は腰をかがめて両手でスカートを持ち上げた。そして膝上まで来る汚い赤い靴下を脱ぐと、腿の内側を流れ落ちる薄赤い血の跡が見えた。女の子は素足で椅子に上る。女の子は踊るつもりだ。少年はそれをあまりに当然のことと思った。彼女は到来すべき踊りだった。その日以後、少年は一生、焼けただれてども る舌を持つこととなった。成長とともに、彼はときに混乱するほど甘い絶望の感情を経験したが、それはまさに自分が誰なのかわからないということ、ただの一度も自分が誰かわかったことがないという事実に気づくときだ。

私はもうすぐ旅に、きわめて遠い旅に出ることになるかもしれない、とウルがささやいた。私が考えるいちばん遠い国、最も遠い国へ行こうと思う。私の、人生？　というようなものを私は根こそぎ揺さぶってみたい。深い穴の中に押し込んだり散らしてしまうのではなくて。燃やしてしまうという意味でもない。文字通り揺らしてみたいという意味なんだ。軽い地震みたいに。何の痕跡も残さず、ただもう風のように。私はある瞬間を持ちたい、顔に激しい風を浴び、地面から少し浮いた空中を歩く瞬間を経験してみたい。それがすべて。それが何であれ、初めてそうしてみたいから。けれども私の内面は、内面の言語は、まさにその場でまた踊りながら飛び上がるだろう。だからあなたはもう一度演劇をやりたいんだね。それがあなたを地面から少し浮いた空中へと持ち上げるのだね。誰も知らない、誰も痕跡を残さない一瞬、まるで鳥のように。

　そう、必ずしもそれが犬でなくともかまわないと、ウルは男性教師の耳元でささやきつづけた。もしかしたらそれは、犬よりも小さくて目につかないもの、犬よりずっと無害なものかもしれない。例えば蜘蛛や蚕といった一種の虫、なめくじ、交尾する蛇、そう、もしかしたらそれは大きな蛾でもいいかもしれない。蛾は、緑色の毛布をかぶった俳優のまぶたをおおうだろう。ウルがそれを指先でつまんで俳優の目の上に載せるだろうから。つまり原則的に、俳優は「演技」をする必要がない。彼は演技をしてはいけない！　ある存在になることで充分だ。ただ蛾がまぶたに載せられたとき、そっと目を閉じさえすればいい。私の考えていることがまるでわからないって？　そう、その通りだ、ウルは見ない目だから。

今朝、ウルは目を覚ますや否や思った。私はＭＪの葬式には行かないと。

その代わり彼女は今日、緑のコートを着て外出し、目的もなくちょっと散歩して、おそらく映画館へ行くだろう。ジョナス・メカスの映画を上映するという広告を地下鉄で見たからだ。ウルはその映画を前に見たことがあるはずだが、それは重要なことではなかった。人口一千万人の都市でいちばん小さな部屋へウルは入っていった。四方が壁で遮られた部屋だった。ウルは一人で星を見上げる一千万人の中の一人だ。一千万人の中の一人！　私はＭＪの葬式には行かないだろう、なぜなら私はあらゆる種類のパーティーが嫌いだから……あらゆる種類のパーティーが嫌いだからだ。パーティーは世の中で私がいちばん嫌いなものに属する。私は船を買えるほど金持ちでもなく、ただの一度も雄のミミズクをプレゼントされたこともなく、結婚披露宴に招待されたことはさらにない。結婚式だけでなく、誕生日パーティーにも、葬式にも、もっといえばありきたりな夕食にさえ招かれない。ウルの思いはウルの頭蓋骨の中で宣言のように響きわたる。香炉を手にしたムスタン王国の僧侶がウルの前を通り過ぎていった。片耳のない黒いルーマニア産の牧羊犬がウルの前を通り過ぎていった。そして〈はじまりの女〉がウルの前を通り過ぎていった。

時間の概念を理解できないウルは同時に、喜んで犬の世界を生きる。一つの時間から滑るようにして抜け出し、狂ったように身震いし、水中のような別の時間へ染み込んでいく。ウルは激しく振り向くウルとなる。海を見るウルとなる。指の間から一度にすり抜けていくこれらの瞬間……これらがすべて、同時に実在するのか。それを知りたくてウルは不意に振り向くが、そのたびいつもウルのすぐ後ろには、髪の毛に触れるほど近くを追ってくる少年がいる。少年は口を開けているが息は聞こえない。少年には音も匂いもなく、ウルの耳の後ろにぴったりついてくる。少年はいつも、ウルが見慣れたある顔と非常によく似た印象を与える。もしも黒い帽子をかぶっていたら……しかしウルはその顔を最終的に見分けることには常に失敗してしまうが、それは握り拳ほどの巨大な蛾が一匹、少年の左のまぶたの上にとまっているからだ。かくして、この世の終わりの日にウルが最後に見るものは、少年のまぶたにとまって涙をすする大きな一匹の蛾ということになる。

だがもしかして、それはコヨーテでもありうると、ウルは男性教師のそばで、肘を膝に載せた姿勢で、校庭の暗闇の方へ上体をぐっとかがめてそう言った。だがそう言ったのは、暗闇がたれこめた校庭ではなく一匹のコヨーテを見ているウルだった。もちろん私はコヨーテという動物をどうやって手に入れて舞台に連れてくればいいのか知らないが、あくまで、例えばの話として、あなたと一緒に舞台にいる他の俳優は犬や蛾と同様、コヨーテかもしれないという意味だよ。あなたは丈高い草の中に座ることになるだろう。あなたが持っている杖は、あなたが草むらの中のどのへんにいるのか示す目印になるだろうね。舞台は野外だろうから、風が吹いてくるだろう。遠くにはコノデガシワの木、そして紫のアザミが咲く野原が見える。打ち捨てられた野原には古いソファーや故障したテレビなんかが転がっているだろう。足跡が残っている場所の草は踏みにじられ、剝ぎとられ。巨大な鉄の檻で囲まれた舞台にいるのはあなたと、そして一匹のコヨーテだけ。コヨーテは草むらの間に隠れてしまったので、誰もコヨーテを見ることはできない。あなたは服を脱ぎ、裸体に緑色の毛布を巻いている。あなたにはどんな言葉も、どんな行動も必要ない。この演劇には決められた時間がない。時間が演劇を決めるだけだ。あなたはそこで眠ってもいい。台詞も演技も何も必要ないのだから。あなたがすべきことはただ一つ、自分は一匹のコヨーテなんだ、自分は一匹のコヨーテだ、と思いつづけること。そうしてあなたはそのまま眠ってもいい。でも忘れてはいけない、あなたはコヨーテの眠りを眠るのだ！　そしてコヨーテの夢を見なくちゃならない！　もしも気が向いたら夢の中でモノローグを始めてもいい。もちろんそれはコヨーテの夢、コヨーテのモノローグだ。実際、私が書いたのは、舞台の簡単な描写と、舞台は野外の打ち捨てられた野原に鉄の檻が設置されているということだけだから、一ページの半分にもならない、そして残りはモノローグだけだ。モノローグはとても長く、ほとんど一冊の本ぐらいあるが、それは必ずしもモノローグがすべて語られる必要はないからで、いや実際には、どうしても語られるべきことはただの一行も書かれていないからで、さまざまな声が同時に響くよう、そしてその中であなたが望む部分をあなたの心臓から出てきた通りに即興的に選択できるよう、そんな方法で書かれているからだ。この演劇は無限大の即興劇だ。モノローグは俳優のための一つの可能な提案というのみ、それも非常に消極的で受動的な提案、いや、提案というよりは、これから舞台で起きることについて俳優が過去から霊感を得ることができるよう、その記憶を少々活性化してやるための装置にすぎない。だからあなたはモノローグのうち気に入った部分だけを選んで朗唱すればいい。いつ、どの時点で何を朗唱するかもあなたが好きに決めればいい。わずか一ページ、もしくはほんの一行、いや、単語一つを朗唱するだけでもよく、もしくはあなたが望むなら声を出さずに心の中だけで朗唱することも可能だ。あなたは演劇が終わるまで何も言わなくてもかまわないという意味だよ。でも演劇がいつ終わるのか知りたいって？　それは我々にはわからない。なぜならこれは、本物の人生の劇だから。演劇の進行について我々は何も知らない。我々、名前を持たない我々、孤独な我々。では神は知っているのか？　そうかもしれない。けれども我々は神に尋ねることはできないし、神は永遠に答えてくれない。だから我々には神の小さな代理人が必要なんだ。それがコヨーテ。あとのことはすべて、彼に、コヨーテに任せよう。人生をそのまま写し取った演劇なんてものに観客が退屈しないかと？　彼らはしょせん自分たちの人生を持っているではないかと？　劇場はとても小規模で、招待された少数の観客は、空腹になったり他の約束があったりするなら自ら選んで席を立つだろう。我々はそのことに気を遣わなくていい。だが舞台は終わらないよ。あなたが、コヨーテが、存在する限りは。そうやって時が流れていけば、ひょっとして何人かの観客が戻ってくることもあるだろうね。その数はごく少ないだろうが、あなたは孤独を恐れる必要はない。私が席を離れず、ずっと客席に座ってあなたを見守っているから。私があなたのモノローグを聴いている。あなたが言う、または言わずにいるモノローグを。あなたは孤独を恐れる必要がない。私があなたを見守りあなたの声を聞くのだから。劇が終わる日まで。劇が本当に終わる日まで。でも、なぜこんなことをやるのかと？　なぜこんなことをやらねばならないのかと？　それは、生は発明すべきものであり、美しさとは後悔することだからだ。後悔すること。そしてもう一つ、真に重要な理由は、

ウルは男性教師の左の耳の近く、すぐ近くに、彼の内臓の匂いをかぐことができるほど

近くにぴったりと口を近づける。そして小さくささやいた。一つの秘密を言った。それは決して言ってはいけない、言わずにおけたならずっとよかったはずの秘密だ。

ウルは見る目だ。ウルが見るものは、すでにいつか見られたことのあるものたちだ。ウルはそれらを追いながら生きる。それはウルの星である……ウルは遠くの海に浮かんだ一艘の船のように見る。夜明けに向かって倒れ込んでいく夜のように見る。ウルは犬のように、〈はじまりの女〉のように見る。〈はじまりの女〉が見たものを今、ウルは見ている。いや、では私たち、海へ行ってみよう。海岸を走っていく三匹の黒い犬がいる。ぼやけた光の余韻のすき間にたまった黒い影の穴は濃くて深い。濃淡さまざまの半透明な黒さが層をなしている中へ、犬たちの濃いシルエットが長々とうねりながら消えていく。そしてまた光の中から現れる。犬たちが飛び出すたびに、虚空は黒い光で作られた無数の水平線によって割れてゆく。すべての水平線の面《おもて》で光がいっせいに反射する。爆発する光の中で、犬たちの形象が歪む。そして鏡は限りなく屈折し、その表面は広がっていく。犬たちは長々と欠けた三日月のように歪んだ体を狂ったように震わせ、暗闇から光の鏡の中へ飛び込んでいき、光からまた闇の鏡の中へ滑っていくことを永遠にくり返す。犬たちの黒いシルエットが一つの次元から別の次元へと移動するたびにそれらを取り巻く無数の黒い水面が破裂し、光を帯びた透明な暗闇の破片となって広がっていく。それは散乱する踊りであり、踊っているのは今、肉体から離脱していく犬の霊魂であり、犬の一瞬、犬の死だ。白い歯と黒い内臓、性器と舌、その間に流れる光。すべてのものが同時に目に入ってきて、すべてのものが同時に流れていった。ウルは海に向かって歩みを進めた。足もとの草は踏みにじられ、剝ぎとられ。ウルは突然自分の中にひとりでに燃え上がる一本の小さな木を感じた。ウルは身を震わせた。カメラのフラッシュがひらめく閃光のようなその一瞬、彼女は自分の目に入ってくる未来の美しさも、残忍さも、信じることができなかった。

訳者あとがき

本書は、二〇一九年にワークルーム・プレスから出版されたペ・スアの『遠きにありて、ウルは遅れるだろう』の全訳である。翻訳には初版を用いた。

日本では二〇一〇年代中盤以降、韓国現代文学の翻訳紹介が活況を呈している。本来ならペ・スアの作品群は、もっと早くからこの動きの中心にあってしかるべきだった。小説家、また翻訳家として三十年近いキャリアを持つペ・スアは、もはやそれ自体が一つのジャンルといえるほど強い存在感を放ってきたからである。

個性的で難解といわれることの多いペ・スアだが、その独特の吸引力に魅了される読者は多く、作家たちにも多大な影響力を及ぼしてきた。事実、この人抜きで今日の韓国文学、特に「女性文学」と総称される分野に言及することは、かなりバランスを欠いていたといえる。にもかかわらずこれまで日本で紹介されてこなかったのは、翻訳の難しさに加え、個性的な作品群の中から最初の一作を選ぶ困難のためかもしれない。このことについては後に詳述する。

ペ・スアは一九六五年ソウル生まれ、子供のころ国語はとても嫌いだったという。梨花女子大学化学科を卒業後、公務員として兵務庁（国防部傘下の行政機関で、兵役義務者の徴集や召集を司る）で働いていたが、本人によれば、あるとき「二十代後半になったという自意識によって」小説を書きはじめた。一九九三年、表紙がきれいだからという理由で偶然手にした雑誌『小説と思想』の新人公募に応募して当選、作家活動を開始した。

韓国の小説家の多くは、新聞社ごとに設けられた「新春文芸」という新人賞か、大手文芸出版社の新人賞によってデビューするのが定番であり、その点、マイナーな雑誌からスタートしたペ・スアは明らかに主流ではなかった。本人は当時、文芸誌というものの存在も知らなかったというが、最初からアウトサイダーだったからこそ、その後、自由に書きたいものを書けたのかもしれない。ちなみに九三年は、ハン・ガンが作家デビューした年でもある。

当選作の「一九八八年の暗い部屋」は、奇妙な旅の途上で、ホテルの一部屋を一緒に使うことになった人々の不穏な一夜を、緊張と酩酊が交錯する筆致で描いたものだった。昔も今もペ・スアは記憶と夢、そして幻想について書きつづけているが、記憶と記憶がからみあって混沌がクライマックスに達したとき、暴力的なまでに本質的な文章がだしぬけに噴出して読者を圧倒するというペ・スア文学の大きな特長は、この第一作にもはっきりと現れていた。

以後、多数の長篇、中篇、短篇、エッセイなどを発表し、ポピュラーな作家ではないが、熱心な読者から熱狂的に支持されてきた。その作品には、「最も」「唯一の」といった修飾語が冠されるのが常である。いわく「韓国の作家の中で最も独特な文体とスタイル」、「最も強固で独歩的な文章」、「韓国文学で最も馴染みのない存在」。ちなみに最後のコピーにある「馴染みのない」とは、「낯선（ナッソン）」という形容詞で、日本語に訳しづらいのだが、辞書を見ると「見知らぬ、見慣れない、見覚えのない、馴染みのない」となっており、「未知の」というニュアンスが強い。例えば夢の中でいきなり知らない町を歩いていることがあるが、その感じが「ナッソン」だ。

ペ・スアの作品の多くは、ストーリーで読ませるというよりは、不穏で曖昧な人物を抱きかかえたテキストそのものが主人公のような作風であり、それは今も韓国人にとって「ナッソン」な存在なのだろう。

二〇〇三年に長篇『日曜日、スキヤキ食堂』で韓国日報文学賞、〇四年に長篇『独学者』で東西文学賞、一八年に短篇集『蛇と水』で今日の作家賞を受賞。近年は英語、フランス語、スペイン語、ポルトガル語、中国語など多くの言語に翻訳されて高い評価を受けている。英語への翻訳は、ハン・ガンの作品を翻訳・出版し、マン・ブッカー国際賞受賞に結びつけたデボラ・スミスが手がけている。

また、特筆すべきは、ペ・スアが作家であると同時に翻訳家であることだ。三十代後半になってからドイツ語を学び、〇八年以降本格的に文芸翻訳を手がけ、創作と翻訳の双方に等分の情熱を傾けて仕事をしてきた。翻訳については後に詳述するが、質量ともにこれほどの水準で積極的に翻訳を手がけてきた作家は、世界的にも少ないのではないかと思う。

さて、日本初のペ・スア作品として『遠きにありて、ウルは遅れるだろう』を選んだのには、いくつかの理由がある。

ペ・スアは長らく、声による文学表現に深い関心を持ち、自作の朗唱劇化などを手がけてきた。『遠きにありて、ウルは遅れるだろう』はさらに積極的にこの方面へのアプローチを進めたもので、最初から朗唱のためのテキストとして書き下ろされた。韓国で本書が出版された際には、三回にわたり、ペ・スア自身ともう一人の出演者によって、実際に朗唱劇として公演されている。このときはドイツの映像作家による映像が背景に用いられ、著者が構成も務めた。

もともとペ・スアの個性は、テキストに満ちた「声」の独自性と、強度にある。それを実際の「声」と連結させるというのだから、何とも魅力的だ。テキストの可能性を広げようとするこの試みを積極的に支持したいというのが、本書を選んだ理由の一つである。そのため翻訳においては、原文の緊張感を損なわないことを前提として、耳で聞いたときにできるだけ取り違えがないよう配慮した。

また、本書は韓国的な要素が稀薄であることも特徴だ。登場人物たちは旅と移動を続けており、ウルが韓国へ帰還してくる様子も描写されているが、さまざまな地名が飛び交う中に韓国のものはない。いわゆる三八六世代（六〇年代に生まれ、八〇年代に大学に通い、九〇年代に三十代で、民主化以降の韓国社会を牽引してきたとされる世代）に該当するペ・スアは民主化のとき二十代前半で、軍事独裁政権下の暴力的だった韓国社会をよく知っている。そうした記憶は、他の作品にはダイレクトに表れているが、本書においては完全に煮込まれ、煮崩れて、いわば匂いとしてだけ存在する。韓国の小説が多数紹介されるようになった今、このような個性も紹介のし甲斐があると考えた。

さらにつけ加えると、ペ・スアの作品は相互に廊下でつながっているというか、一緒に共鳴しあっているようなところがあって、その中から一つを切り出すことはとても難しかった。実は作品の選定にあたって、韓国の小説家を含む何人もの人たちに、ペ・スアを翻訳するとしたら最初の一冊はどれがいいと思うか聞いてみたことがある。結果は見事なまでに意見がばらばらで、代表作を一作には絞れないという人も複数いた。一作ごとにチャレンジを続けてきた作家だけに、このような結果は充分納得できた。こうした経緯を経て、最新作である『ウル』を選んだともいえる。いずれにせよ本書が現時点でのペ・スアの到達点であることは間違いない。

次に、蛇足かもしれないが、この作品への接し方、というより「迎え方」のようなものについて、若干のメモを記しておきたい。

不思議なタイトルは、著者自身も翻訳者としてその作品を紹介してきたオーストリア出身の作家ペーター・ハントケをめぐるドキュメンタリー映画『森にいる、私は遅れるかもしれない(*Peter Handke – Bin im Wald. Kann sein, dass ich mich verspäte*)』（コリーナ・ベルツ監督）にちなんでいるという。また、主人公の名前「ウル」は、人類最古の都市の一つといわれるメソポタミアの都市「ウル」から取ったそうである（都市名のウルは「우르」と表記されるが、主人公名のウルは若干音を変えて「우루」と表記されている）。これは、〈はじまりの女〉という原初的なイメージと結びついているかもしれない。

読者がこの作品に接して困惑するとしたら、本書の構成によるところが大きいのではないだろうか。三部に分かれ、それぞれに「ウル」という女性が登場する。三つの物語のウルは、母の死、子供時代の奇妙な演劇、木工所で働いていた同級生、などさまざまな共通体験を持つが、それらも微妙にずれている。三つの物語の関連は曖昧で、暗示的で、それぞれ独自に繁茂しているかのようでもあり、重なるようでもある。三つの声が聞こえる。それらは一冊の本の中で合唱のように響くときもあり、また輪唱のようでもある。

これについては、作家自身がある対談で語っていたことを理解の補助線にするのがいいかもしれない。ペ・スアはこの小説を、中世の三連祭壇画のようなものと言っていた。内側にパタパタとたたんでしまえる、三つのパネルから成る祭壇のことだ。このときペ・スアが思い浮かべるのは、三つのパネルそれぞれに、絵ではなく映像が映し出された光景である。つまり本書は、同じ時間に別の場所で進行している、別々の物語を映し出した三つのスクリーンの総体と見ることができる。従って、必ずしも三つの物語を順序通りに読む必要はないというのだ。

これを受けていえば、『遠きにありて、ウルは遅れるだろう』は難解であるのと同じくらい、自由な小説なのだと思う。キーワードは「同時性」だ。三つのウルの物語はいずれも、ジョナス・メカスが死んだ二〇一九年一月二十三日の翌日を描いている。ペ・スアの言う「三連祭壇画映像」を再現したいなら、三人が一章ずつ分担して同時に朗読してみればいいのかもしれない。

試みに各章の最初の一文を挙げてみよう。

独白は混乱とともに終わった。
すべてのものは光から出てくる。
ウルは見る目だ。

これらのすべてが同時に成就されるのが、本書の中を流れる時間なのだと思うと、「本」というものや「章」というものへのイメージが更新されるような驚きを覚える。

もちろん、必ずしもそのように読まなくてはならないということではない。だが、そうわきまえておくと、この小説のただならなさを楽しむことがより容易になるのではないか。謎はいたるところに潜んで回収されず、エピソードの破片が堆積していき、くり返し現れるイメージはどのウルのものなのか見当もつかない。だが、うごめきながら徐々にスピードを上げて疾走する三つのウルのイメージを自由に追いかけ、行間ならぬ「章間」を蛇行して、随所から噴出する強烈な一瞬を無心に体感してほしいというのが訳者の願いである。

『遠きにありて、ウルは遅れるだろう』はそれ自体が映像的である上に、さまざまな既存の映像作品の記憶も流入している。タイトルも映画にちなんでいるし、エピグラムにはクリス・マルケルのドキュメンタリー映画『サン・ソレイユ』（これは、何度か登場するムソルグスキーの「日の光もなく」のフランス語訳である）のナレーションが引用され、本文にもジョナス・メカスの『リトアニアへの旅の追憶』がたびたび顔を出す。

さらに、さまざまな本からの明示的な／曖昧な引用、音楽、舞踊、演劇、料理の手順など、含意のありそうな記号が過剰なまでに散りばめられている。ヨーゼフ・ボイスの一九七四年のパフォーマンス「コヨーテ」を思わせる描写も登場する。だがそれらは必ずしも整合性を重視しておらず、例えば一三ページに出てくる『帽子を作る人の幽霊』はジョルジュ・シムノンの『帽子屋の幻影』という実在する本だが、八五ページの『遠く』は実在しない。こうした過剰さと無造作さの混淆の中から読者がどれほどの含意、サインを受け取るかも、完全に自由であるだろう。

同時に、朗唱劇や朗唱専門の俳優、赤い靴下、七〇年代韓国を彷彿させる陰鬱な小学校、子殺し、木にとまったミミズク、ムソルグスキーの「日の光もなく」といったモチーフは、今までのペ・スアの作品にもたびたび登場してきたもので、いくつかの重要な台詞にも聞き覚えがあった。こうしてみると本書は、ペ・スアが今までに引いてきた線が交わる場かもしれず、その意味でも『ウル』を最初に紹介する意義はあると思われた。

ここで、過去の作品についても少し触れておこう。ペ・スアの小説はあらすじを紹介することが不可能でしかも無意味ではあるのだが、訳者が読んで印象的だったものをいくつか挙げてみることとする。

『チョルス』(一九九八年)

初期の代表作。中産階級出身の男性「チョルス」と、困窮家庭を支えて働く女性「私」とのちぐはぐなつきあいが沈鬱な空気の中で回想される。その後の作品に比べると尋常なリアリズム小説だが、ふとしたきっかけでうっすらとした悪夢に迷い込んでしまう様子が印象的だ。日常の底が割れ、階級差の実相と、そこに潜む偽善性が鋭く噴出するさまには非常に迫力がある。また、ペ・スアは都市で働く独身女性、結婚によって家父長制的な家族制度に組み込まれることに無関心あるいは冷笑的な女性を好んで描いてきたが、その傾向は『チョルス』にもよく現れている。

『日曜日、スキヤキ食堂』(二〇〇三年)

ソウルのある町を舞台に、日本食専門の「スキヤキ食堂」の近くに住む人々を描いた連作小説。「スキヤキ食堂」は登場人物によって語られるだけで、実際には出てこない。貧困の多様さが独特の突き放した感じで描かれている。ペ・スアの作品の中では最も韓国らしい光景が展開され、大衆性を備えた小説といえる。二〇〇三年の韓国日報文学賞を受賞。

文芸評論家のシン・ヒョンチョルはこのころのペ・スアについて、「異邦人の視線を獲得し、その視線によってだけ明確に見えてくる韓国社会のある側面と戦っていた」と評する。その戦いぶりは、「産業社会化や民主化によっては解決できなかった韓国社会の意識構造の遅れや、暴力性との苦闘」に見えたという。

このころ作家はドイツと韓国を往復する生活に入っており、それが続くにつれて、作品はより夢幻的・啓示的に変貌していく。

『フクロウの「居らなさ」』（二〇一〇年）

二〇〇四年から〇九年までの短篇を収めた短篇集。いずれもストーリーは鮮明でなく暗示的で、現実と記憶、幻想が交錯し、テキスト自身が主人公のような趣。「経験しなくてはわからない小説」（文芸批評家ハン・ギウクによる）と評された。表題作の『フクロウの「居らなさ」』は、作家と批評家の対話が、著者自身が翻訳したカフカの『夢』と重ねて展開される。

『ソウルの低い丘たち』（二〇一一年）

朗唱劇専門の俳優という経歴を持つ女性キョンヒは、かつてドイツ語を習った先生が死に瀕しているという知らせを受け、「歩いて旅に出なくては」という衝動にかられる。見知らぬ土地へやってきたキョンヒの行動と思いが、偶然出会った「私たち」という話者の声で語られるが、最後にはその語りの中にキョンヒの姿は見失われる。英語に翻訳され高い評価を得ている。

『知られざる夜と一日』（二〇一三年）

主人公のキム・アヤミは『ソウルの低い丘たち』のキョンヒ同様、朗唱劇専門の俳優だった過去を持つ。今は視覚障害者のための朗読劇専門劇場の事務方として働いているが、仕事は朗読劇のCDを再生することだけだ。アヤミ（この名前はシベリアのシャーマンにちなむものらしい）の夢と秘密に彩られた夜、そして周囲の人々を描き、エッセイのような淡々とした文章を追ううちに、気がつくとシャーマニスティックな深みに引き込まれている。この作品も英語に翻訳され高い評価を得ている。

『蛇と水』（二〇一八年）

二〇一二年から一八年までの作品を収めた短篇集。二〇一八年に今日の作家賞を受賞。いずれも幼い少女の視点を持つ点で共通しており、全体がゆるやかに連結している。表題作「蛇と水」の主人公はキルラという女性だが、幼い転校生、女教師、老女の三人に分裂した状態として描写されている（このあたりは「ウル」の構成を思わせる）。「蛇と水」とは、キルラの白日夢に出てくる、裸体に牛のマスクをつけた二人の男性を指しているが、夢の中で蛇と水とキルラがくり広げるマゾヒスティックな妄想は、訳者がこの二十年ほどで読んだものの中で最もおぞましく凶暴だった。また、冒頭の「雪の中で燃える前に子供はどんな夢を見たか」は、著者が手がけたカフカの『夢』の訳者あとがきとして書かれたもの。いずれもただならぬ緊張感を帯び、『遠きにありて、ウルは遅れるだろう』と並ぶ完成度だ。

ペ・スアの文体については、多くの言葉が費やされてきた。それはしばしば「当惑させられる文体」と評される。本書にも、独特のリズムで亢進していく異様に長いセンテンス、「外国作家が書いた文章のよう」「翻訳調」といわれる生硬な言葉選び、やや不自然な言い回しといった特徴がよく表れている。また、例えば一五九ページの六行めでは「愛、」という句読点で唐突に文章が途切れてしまう。こうした、読み手を攪乱する筆致もペ・スアがよく用いる方法である。この「当惑感」は作品によってさまざまな貌《かお》を持ち、一言で形容することが難しい。

作家本人は『エッセイストの机』（二〇〇三年）のあとがきで、「明確なストーリーに依存して進行する文体を可能な限り自分から遠ざけ」て、それらと自分との間を、「蛇と火焔の河で遮断しようとしている」と書いているが、この比喩だけでも充分ではないだろうか。のたくり、うねりつつ生動する危険なものたちの力を借りるというのが、いかにもペ・スアらしい。

訳者の見る限り、現代の韓国文学界で文体上の実験に果敢に挑んできた筆頭がペ・スアであり、その後につけて走っているのが『もう死んでいる十二人の女たちと』（拙訳、白水社）のパク・ソルメではないかと思う。

なお、女性をめぐる表現についても一言言い添えておきたい。ペ・スアが描く女性はしばしば決定権を持たず、受動性や弱々しさを見せることもあったが、対象を見据える鋭い目、洞察する脳の活発な動き、移動する足の強靱さによって、いかなる凶暴さをも凌駕する強靱さを印象づけてきた。例えば夢や妄想の中で女性への暴力が容赦なく描かれる場合も、それを無化するほどの脱出への夢が強烈に同時に立ち上り、物語という場を決して暴力だけに支配させない。こうした女性像を九〇年代から書いてきた作家がいることは特筆すべきだろう。

二〇〇二年、一年あまりのドイツ滞在から帰国したペ・スアは連作小説集『動物園キント』を発表する。主人公が動物園を徘徊しながら出会った人々とのいきさつを描く一人称の小説だが、作家はその前書きで、一人称話者の性別を規定していないことをはっきりと宣言していた。「消極的に見れば、この人物は男性でも女性でもありうるといえよう。しかしもう少し突っ込んで言うなら、これは性的アイデンティティの意図的な去勢であ」り、話者の性別が決まっていない場合、主人公の社会的立場、情緒面、そして個別の事件への反応や、小説に接する際の無意識の同一視などが妨害されることは事実だろうが、にもかかわらず、「すべての情緒に性的アイデンティティが自然と付随してしまう状態を否定したい」のだと。二〇〇二年という時代を考えると、こうした挑戦には目覚ましいものがあったといえよう。このような実験はその後、ファン・ジョンウンなどにも引き継がれてきた。

さて、先にも少し書いたが、翻訳を抜きにペ・スアを語ることはできない。だがそれは、単に創作も翻訳もやる文学者という次元にとどまるものではないようだ。

作家になって八年ほど経った二〇〇一年、ペ・スアは兵務庁を休職し、ベルリンに赴いて語学学校でドイツ語の勉強を始めた。結局そのまま職場を辞めて専業作家となり、同時に多くの文芸作品の翻訳を情熱的に行ってきた。

著者によれば、翻訳を始めたのはもともと勉強のためで、そこには強烈な原体験があったという。ベルリンでドイツ語文法の基礎を学び終えたペ・スアは、これで小説が読めると思ってトーマス・マンの『ヴェニスに死す』を買った。これなら韓国語で読んだことがあるので、わかるはずだと思ったそうである。しかし、すべての単語の意味がわかっても、マンの文章の意味は一つも理解できなかった。そのことに非常に大きな衝撃を受け、「言語にはまた別の次元があるのだ」と痛感し、どうしても理解したいという欲望から熱心に翻訳を続けるうちに、「翻訳をしながら勉強するのが自分には向いている」という確信が生まれたという。そして、韓国では知られていない作品を紹介したいという強い願いを持ち、翻訳家としての活動を始めた。

その後、韓国とドイツを行き来する生活に入り、韓国にいるときは翻訳に集中し、ドイツに滞在しているときは自分の作品の執筆に注力するというバランスで仕事をしてきた。今までに手がけたドイツ語圏の作家はW・G・ゼーバルト、ベルンハルト・シュリンク、ジェニー・エルペンベック、トーマス・ベルンハルト、ペーター・ハントケなど現代作家から、ヘルマン・ヘッセ、トーマス・マン、フランツ・カフカ、ベルトルト・ブレヒトといった巨人たち、そして『アンネの日記』までと幅広い。また、ポルトガル語の作家フェルナンド・ペソア、クラリッセ・リスペクトールなどをドイツ語・英語から重訳している。

ペ・スアが翻訳する作品は、本人が「これを韓国語で読みたい」という強烈な直感を覚えたものだそうで、エージェンシーシステムでは拾いきれない知られざる作家、また昔の作家の良い作品を発見し、積極的に出版社に持ちかけて企画を実現させてきた。しかし翻訳を始めた初期には、持ち込みをしてもほとんど相手にされなかったそうである。当時すでにペ・スアは作家として定評があり、むしろそのために敬遠されたのかもしれないという。持ち込みを始めた二〇〇〇年代後半には、編集者に「良い翻訳家とは自分の文体を持っていない人だ」と言われたことがあったそうである。つまり当時は、作家のような強い個性を持つ人は翻訳家に向かないという含意があったのだろうが、現在はそのような傾向はずっと減っただろうと話していた。

ペ・スアにとって翻訳は、「二つの言語による読書」「非常に選択的な読書、最も強度のある読書」であるという。だが、現在は、もう翻訳はやらないことを宣言している。韓国で二〇一九年に刊行されたルーマニア出身のドイツ語作家アグラヤ・ヴェテラニの『子供はなぜポレンタの中で煮えているのか』(未邦訳)を翻訳していたとき、突然「自分はもう翻訳は充分にやった」という感覚に襲われ、きっぱりとやめることを決心したのだそうだ。

ヴェテラニは日本では紹介されていないようだが、一九六二年生まれ、国営サーカス団に所属する両親のもとに生まれて子供時代からサーカスで働き、十五歳まで文字の読み書きができず、亡命先のスイスでドイツ語を独学で学んで小説を書いたという人である。デビュー作『子供はなぜポレンタの中で煮えているのか』(一九九九年)が好評を博したが、深刻な心の病に苦しみ、二〇〇二年にチューリヒで自死を選んだ。ペ・スアは二〇一八年に滞在したチューリヒでこの作品に出会ったというが、訳者あとがきはそれ自体が一篇の小説のようだった。ペ・スア訳で読んだこの作品は詩と散文の混じったスタイルの自伝的小説で、のっけから「神はどんな匂いがするのか?」といった圧倒的な一文が噴出し、ペ・スア自身の世界とも非常に近く感じられた。

翻訳をやめたペ・スアはドイツに長期在住し、執筆中心の生活に入っているそうで、今後また新たな展開が始まることと思われる。

不断に移動しながら書きつづけてきたペ・スアの文章を読んでいくと、ときおり、大きな絵に見入っている人の背中を後ろから見ているような気持ちになる。絵の内容も、その人が何を読み取ろうとしているのかも、あいまいにしかわからない。しかしその人が突然振り向いたとき、その人ではなく絵そのものといきなり目が合ってしまう。それはまるで、世界そのものと目が合ってしまったようなおののきだ。

そのときペ・スア自身はもはや体を翻し、テキストの外へ逃走しているかのようである。世界の前に置き去りにされたような感覚だが、その「置き去られ感」のスケールの大きさにおいて、ペ・スアには唯一無二のものがある。それを期待してこの作家の本を読むたび、裏切られたことはなかった。今後もこの作家の作品が日本語で読めることを願う。

最後に、非常にペ・スアらしいと感じたエピソードを一つ紹介しておこう。ある対談でペ・スアは、翻訳家の経験が作家活動に影響を与えたかというよくある質問に対して、「多様なものを翻訳したので、翻訳が自分の作品に影響を与えたとはいえない」と前置きした上で、不思議なことだが、誤訳が自分に影響を与えることはありうるかもしれないと話した。

「ある文章に大いに霊感を覚えて翻訳し、自分でもその文章が非常に気に入ります。ところが、後で見直したらそれは誤訳だったのです。そこでもちろん直すのですが、その間違った文章がどうしても忘れられないことがあるのです。その文章はいったい、誰のものなのでしょうか？」

質問に答えてくださったペ・スアさん、担当してくださった白水社の杉本貴美代さんと堀田真さん、校閲を担当してくださった田中恵美さん、翻訳チェックをしてくださった伊東順子さん、岸川秀実さんに御礼申し上げる。

二〇二二年十二月

斎藤真理子

訳者略歴

翻訳家。パク・ミンギュ『カステラ』（共訳、クレイン）で第一回日本翻訳大賞、チョ・ナムジュ他『ヒョンナムオッパへ』（白水社）で〈韓国文学翻訳院〉翻訳大賞受賞。訳書は他に、パク・ミンギュ『ピンポン』、ハン・ガン『回復する人間』、パク・ソルメ『もう死んでいる十二人の女たちと』（以上、白水社）、チョ・セヒ『こびとが打ち上げた小さなボール』、ファン・ジョンウン『年年歳歳』、ペ・ミョンフン『タワー』（以上、河出書房新社）、ハン・ガン『ギリシャ語の時間』、チョン・ミョングァン『鯨』（以上、晶文社）、チョン・セラン『フィフティ・ピープル』、ファン・ジョンウン『ディディの傘』（以上、亜紀書房）、チョ・ナムジュ『82年生まれ、キム・ジヨン』（筑摩書房）など。著書『韓国文学の中心にあるもの』（イースト・プレス）。

〈エクス・リブリス〉
遠きにありて、ウルは遅れるだろう

二〇二三年一月一〇日 印刷
二〇二三年一月三〇日 発行

著者 ペ・スア
訳者 © 斎《さい》藤《とう》真《ま》理《り》子《こ》
発行者 岩堀雅己
印刷所 株式会社三陽社
発行所 株式会社白水社
東京都千代田区神田小川町三の二四
電話 営業部〇三（三二九一）七八一一
編集部〇三（三二九一）七八二一
振替 〇〇一九〇-五-三三二二八
郵便番号 一〇一-〇〇五二
www.hakusuisha.co.jp
乱丁・落丁本は、送料小社負担にてお取り替えいたします。

誠製本株式会社

ISBN978-4-560-09079-4

Printed in Japan